叶子的等待

叶剑龙 著

百花洲文艺出版社
BAIHUAZHOU LITERATURE AND ART PRESS

图书在版编目（CIP）数据

叶子的等待/叶剑龙著. --南昌:百花洲文艺出

版社，2025.1. --ISBN 978-7-5500-5801-9

Ⅰ.Ⅰ217.2

中国国家版本馆 CIP 数据核字第 2024N74U94 号

叶子的等待

YEZI DE DENGDAI　叶剑龙　著

出 版 人　陈　波

责任编辑　杨　旭

特邀编辑　闻　立

书名题字　庄希祖

装帧设计　湖北新梦渡传媒有限公司

出 版 者　百花洲文艺出版社

社　　址　南昌市红谷滩世贸路 898 号博能中心一期 A 座 20 楼

电　　话　0791-86895108（发行热线）0791-86171646（编辑热线）

邮　　编　330038

经　　销　全国新华书店

印　　刷　武汉鑫佳捷印务有限公司

开　　本　787mm×1092mm　1/32

印　　张　11.5

字　　数　37 千字

版　　次　2025 年 1 月第 1 版

印　　次　2025 年 1 月第 1 次印刷

书　　号　978-7-5500-5801-9

定　　价　98.00 元

赣版权登字 05-2024-395

网址 http://www.bhzwy.com

图书若有印装错误，影响阅读，可与承印厂联系调换。

目 录

第二辑

第三辑

第四辑

第五辑

第六辑

第七辑

第八辑

散文篇

何为好诗？

——序

写诗的人，厉害吗？好厉害！活到90岁，我也这么想。如果活不到，那就活成历史长河中一首永恒的诗。

我做梦都想不到，12岁开始读诗、抄诗，如今还不会写诗。

其实，我与诗的交集纯属"自由恋爱"，所以看得多、念得多、抄得多、引用得多。记得有首诗，标题是《人生》，诗就一个字：网。那是20世纪80年代的诗。人生如网，网如人生，作者多有先见之明。那时，文学不缺读者，诗歌尤其。19岁的我，在省城某校文学社当《新荷》报小说组编辑，发表了一篇小小说《它》，一篇评论《女编者的话》，庆幸胡辛老师多有指导。其处女作《四个四十岁的女人》，让文化部部长王蒙流泪三次，1984年被评为全国优秀短篇小说。纵然如此，不大的校园仍诗情飞扬、诗意盎然。这还不算，吉安师专中文科的《露珠》、赣南师专的《角落》，时不时也飘进校园。

今夜，发黄的《露珠》仍在真情告白。八一文二罗雪华直言《我爱海》，八二英一左瑛坦言《我是山的女儿》，八一文二刘诏荡在《城晨》，和着八二文二谢石林的《春风赞》。读着读着，我想起了少年。因为，少年可以不穿衣服在外面跑，少年可以夏天在池塘边荡秋千，少年不知愁上愁，少年只等祖母的饭做好了回家去吃。

少年之图夫说：可以算是诗吗？诗，其实跟人一样是有缘分的，很多诗用眼一扫而过，好不好好像都跟自己没多大关系。但叶剑龙的诗就不一样，看了几句就舍不得丢下，就有一种强烈的"占有欲"，就有了源源不断的冲动，但再冲动我也写不出一首诗。

好在叶剑龙冲出来了，来也匆匆，去也匆匆。自上饶冲到武汉，自武汉冲到吉安。诗集《叶子的等待》邀我作序，是等我这片叶子吗？似有天意，上饶、武汉、吉安，在我心中重千斤。上饶的32380部队罗桥分队，由吉安的0484部队迁过去，行医的母亲跟许多军人熟识；我父亲作为新中国第一届大学生，曾就读武汉的中南财经大学；吉安又是作为湘籍赣人的我绕不开的地方。三位一体，我不作序，说不过去。

但我怕，怕我的序糟蹋了美好的文字。别人称我为作家，我也认为可以。毕竟发表了20万字的作品，散见于《人民日报》、《经济日报》《新民晚报》《演讲与口才》等百余家新闻媒体。2006年第10期《小小说选刊》作家存档栏有我的作家心曲："一个人只要有一种爱好，注定人生不寂寞；爱好文学会让自己变得聪明些"。我写故我在，因为《叶子的等待》赋予我们每个人深深的爱。

文如其人，此言一点不假。叶剑龙的身上有一种不要命的狠劲，做企业、做慈善、写文章，令人吃惊、令人期待、令我感奋。摊开这本作品集：向往的家园、忙碌的城市、沉浮的人生、怡人的自然等等，耳目一新、扑面而来，一如他工作的踏踏实实、为人的真真切切。

细读这本作品集，不仅能从文字中看出人生价值中鲜亮的东西，而且能从文字之外心灵升腾中感悟真谛。我的悦读斋有南昌诗人万箭飞的《树立冬天》、郑州徐宜发的《我心永恒》、南昌大学教授胡辛的《瓷行天下》等六十多个作家、诗人的赠书，过不了多久，还有《叶子的等待》。

今夜，有雨敲窗，心绪飞出窗外，飞到你住的那个地方，希望看到更多文字的鱼，鱼翔浅底；还有腾飞而起的龙，笑看风云。于是：《叶子是有等待的》《等待阳光》《等雪》；等《那片云》《那颗星》，《那片海》《那条河》。《没有诗的远方》《路灯下的孤影》《我撑着伞走在风雨中》，《虐心的夜》《一个人的不眠》，《昼夜不分》《细雨芳菲》《花开花落》，《匆匆那年》《梦与现实》，《当我老了》《我是谁》，《一生有你》……

张图夫（中国作家协会会员）

2024 年 8 月 14 日

写给读友的话

　　《叶子的等待》是一本诗歌散文集，用简短通俗的语句在诠释生活中的一些琐碎以及情感上的纷繁。可以理解为：每个人心中都有梦想、有憧憬，我们不妨就把等待当作是对自己心目中所向往的美好生活的一种期盼。这种盼的过程是很艰辛的，因为你一直在等。

　　为事业，你付诸努力，艰苦奋斗，等待事业有成。

　　为爱情，你朝思暮想，牵肠挂肚，等待爱情美满。

　　为子女，你含辛茹苦，孜孜不倦，等待子女成龙成凤。

　　为生活，你忙碌奔波，漂泊辗转，等待生活美好。

　　每一种等待都有不同的结局，但无论结局是喜是悲，我们都应坦然、从容面对。

漫漫岁月，每一场凄美的落英缤纷，都是一场生命的华丽转身。

叶子，繁茂之时，葱葱绿绿，诗情画意；凋落之时，轻语飘然，刻骨铭心。

正如人生的旅途：没有永远的光明，也不会一味的黑暗；开始终将走向结束，而结束何尝不是另一场盛大的开始呢？

叶子的等待，从春天开始，凝聚夏的狂热，才有喜看秋收之情；雪的到来，是彻骨寒冬，亦是祥瑞丰年。雪化了是什么？是水，亦是浸润大地的一汪清泉，更是迎接欣欣向荣的春天。

《叶子的等待》是我的等待，也是每一位读友的等待。

等待那年春暖花开

等待那片七彩祥云

等待那颗璀璨明星

等待那条川流不息的河

等待那片宽广无垠的海

叶剑龙

2024 年 9 月 1 日

名家寄语

（排名不分先后）

世間清品至蘭極

賢者虛懷與竹同

庄希祖：当代草圣林散之入室弟子，中国书法家协会会员，南京市书法家协会副主席。

敢敬宽怀装日月

惟备澹泊步从容

甲辰孟秋 方祖岐书

方祖岐：原南京军区政委、党委书记，一九九八年被授予中国人民解放军上将军衔。

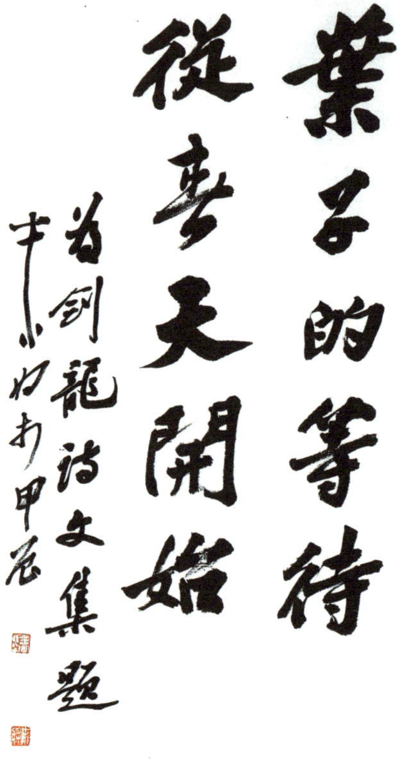

冯为民：中国书法家协会会员，原吉安市书法家协会主席，中国书法理论研究会会员，中国通俗文艺研究会会员，井冈山红色书画院院长。

子文龢德

诗咏生游

葉劍龍先生敬之詩歌集叶子的等

诗出版誌賀 二〇一四年辰力秋佳節

西店之楊 劍拈信州靜遠宓

杨剑：中国书法家协会会员，西泠印社社员，江西省书法家协会副主席，上饶市书法家协会主席。

…木本機杼弄華先生溫雅之質工作之餘

不能寫詩以勵志實屬難可貴

今日欣聞其詩將結集吾樂之為其

詩題書簽詩出版之後得會從獲得

更多受益願同道者同樂

朱重熙隨興數言

於吉安

二〇二四年六月廿三晚

吾初识叶剑龙是在吾安那时是两仟

零一捌年秋季朋友带吾一齐赴上饶人

家聚会识得青年才俊企业剑龙君

有人方绍酒店题字出自其手吾赞叹

此人够有胆量能写自己所要之字而后

安仃他就投吾门下吾视之一师一友多

年为○○○○○○○○

朱重兴：李耕画派第三代领军人物，中国民族艺

术书画研究院院长，中国人才研究会艺术家学部

委员会委员。

詩歌是一團火在人
的靈魂裏燃燒這火
燃燒着炙熱發光
甲辰秋月於疆書

马于强：中国书法家协会会员，江西省书法家协会副主席，吉安市书法家协会主席。

剑舞九洲乾坤大

龙翔四海日月长

喜《剑龙笔冢诗文集》出版志贺 继国

郭继国：原吉安市文联党组书记，主席。

诗情画意 细膝琴心

贺叶创龙先生诗集出版
甲辰秋月 冷和平书

冷和平：井冈山大学书法研究院院长，中国书法家协会会员，江西省规范汉字书写教育专家。

洗涤心灵

启迪智慧

庚辰秋 张荣生

张荣生：原新余市人大常委会主任。

淡　煙　楓　葉

路　細　南　藝

峰　曉　　　雁

山　江　　　塞

　　四　　　詩

　　年　　　老

大　吾　道　付

会会员。

墨香中流淌着

才华 愿佳作展

翅高飞

贺剑龙仁弟新书出版

甲辰夏月 游胥画

游胥：李耕画派第四代传人，中国当代实力派画家，画作被人民大会堂收藏。

墨香中才华四溢
诗行裹心情激荡

贺叶鹤龙先生诗集叶子的等待出版发行

甲辰孟秋罗城人秦长林于星博一长沙

秦长林：中国书法家协会会员，湖南省书法家协会会员。

擊水三千
劍嘯清輝更起舞
乘鳳萬里
龍翔碧漢亦行思

吴平擇甲辰九月廿二国心弟之指聴多郎

李小波：李耕画派第四代传人。

翰墨高峰龍騰盛世

詞·張先生文集付梓樣书隨寄返鄉播為時新傳蒋理福以紀
甲辰季秋时客于理福於深圳漢室書屋之此室

蒋理福：李耕画派第四代传人。

剑气纵横山河壮

龙腾翔翔日月辉

贺美如粹先生诗集出版

甲辰秋月梁顺

梁顺：中国书法家协会会员，中国美术家协会会员，吉安市美术家协会副秘书长，中国烙画艺术（非遗）传承人。

一叶一菩提
一花一辞界

贺钧龙诗集叶子的等待

公愀甲辰秋月英敏

刘英敏：吉安市庐陵诗词学会会长

王慧生

冀劉龍先生詩集《葉子的等待》出版 甲辰九月小波之

李小波

剑龙先生诗集《叶子的等待》诗情洋溢，富有文采和生活气息。是岁月感悟的美好呈现，是人生思考的心语禅言，是亲情友爱的表达经典。亮眼的诗句像一只只心灵之鸟的吟唱，婉转动人，意蕴幽深，是叶子的等待，也是读者的期待。

——2024年8月28日　贺小林（江西省作家协会会员，吉安市作家协会副主席，《井冈文艺》杂志社执行主编）

剑龙小老弟，是我的好朋友。他在十多个重量级新闻媒体发表了一些文字。很多年前，我采访过他，通过了解，真让我刮目相看：年轻有为，心智成熟；对待任何事物都有自己独到的见解；他才华横溢，出类拔萃，品性优秀，真是难得一遇之奇才！

这次听闻其作品集《叶子的等待》即将出版，甚为欣喜。衷心祝愿大作顺利出版，宏图大展！

——2024年8月29日　胡刚毅（中国作家协会会员，吉安市作家协会副主席，庐陵文学院院长，吉安市诗歌学会会长）

贺剑龙仁弟：

青年俊秀真风发，

翰墨文章试锦华。

不惧风浪掀百尺，

弄潮商海笔生花。

——2024 年 8 月 26 日　青晨（中华诗词协会会员）

诗歌篇

第一辑

叶子的等待

叶子的等待 朱重兴题

叶子的等待 甲辰榴月 朱重兴题

叶子的等待　朱重兴

叶子，是有等待的

秋风吹过

落叶纷纷

静寂的林间

一片一片的叶子

交错繁杂地叠在一起

厚厚的一层

紧紧的依偎在大地的怀抱里

大地

仿佛裹上了一层温情的棉絮

叶子也柔情惬意地躺着

它仰望星空

看着几经风雨

已然光秃秃的枝干

它潸然泪下

不由得想起曾经铜枝铁干下的枝繁叶茂

一股不甘的孤独涌上心头

叶子，是有等待的

落红无情

却是化作春泥

用甘之如饴的春泥

滋润大地

换取树的茂盛

秋风吹过

落叶纷纷

喧闹的马路

有车子呼啸而过

地面上被风掀起的叶子

翻滚起舞

千片叶，万片叶

孤芳自赏

夜深人静，更加孤独

一道修长的身影

划破幽静的长空

身影所到之处

各自孤独的叶子堆成了一堆

装进了车子里

这时的叶子也是孤独的

它想起它飘落时

翩翩起舞

悠扬纷飞

顷刻间

所有的一切都成了最后的美好回忆

叶子，是有等待的

等待的往往却是

行将一处

一把火

一堆叶

在孤独中

燃成了一堆灰烬

尘灰纷飞

在空气中弥漫

悄悄落定

秋风吹过

落叶纷纷

流淌的小河

平静的水面上

漂着些许叶子

安详的随着流水的方向

慢悠悠地漂着

落叶无情

是一种千年的误解

它承载着孤独的思念

漂到相思的那头

而相思却是无尽处

那深深为世人所赞美的

流水有意

它只是顺水推着这片叶

漂洋过海

带叶子去想去的地方

那个属于叶子的梦幻之地

叶子，是有等待的

它随着流水流到池塘

找个静谧之地盖间平房

忘掉了东飘西荡的哀伤

流向了那个不再有思念的地方

叶子还在

如那纷飞而下的雪

天空中飘着

大地上躺着

它定会腐烂在泥土中

空气中

却是永远在眼中

在心中

昼夜不分

晨曦的薄雾

像飘浮在空中的棉花糖

柔软的填满天空

我睁开

充满忧伤的眼睛

温情的誓约

空洞了我的双眼

停在枝叶上的露水

依依不舍的

沿着枯败的枝叶点点滴落

像离别的泪花

揉碎了长夜的梦

清醒了人间

骄阳似火的热情

有微风吹过

掺杂着些许雾花

与我相伴的那个人

隐约在我身旁

我迫不及待地找寻

草丛里

花丛中

你是否变成了那只

等待春天的蝴蝶

翩翩起舞

我俯下身子

伸出我热情的双手

去抚摸

去触碰

竟然化成了一抹碎碎的泡影

我强迫自己缓过神来

是一往情深的执着

昏花了我的眼睛

生命中的一束亮光

一直指引我前行的亮光

居然没有了踪影

我凝视着眼前的残景乱象

看似清晨

却满是落日的印痕

人间冬月天

漫天的雾水

肆意的冰冻着我的心

我呼吸着疼痛

悲观与绝望

占据了我整个身躯

千丝万缕的情感

纷乱交织

碰撞出的火花

繁星般溅起

绚烂了时空

却将我燃烧殆尽

我终于按捺不住

悲凉的泪水

奔涌而出

涌向这凄冷的黑夜

我守着内心奔放的思绪

静候东方发白

天亮了

黎明处

竟是一缕浅浅的阳光

明媚柔和

却还是夹杂着

那棉花糖般的薄雾

薄雾，阳光

黑夜，薄雾

我早已昼夜不分

细雨芳菲

细雨芳菲

绵绵飘散

弥漫在天空中

洗净了

尘埃与雾霭

清新自然的空气

香远益清

细雨芳菲

缕缕飘洒

洒在草地上

青油油的嫩芽

喜出望外

尽情地吮吸

充满生机的甘露

细雨芳菲

纷纷飘扬

轻盈的落在花瓣上

翠翠如珠

娇艳了花朵

她却夹杂着花的香味

点点滴落

细雨芳菲

缓缓飘落

丝丝交织在一起

缠缠绵绵

像一对情窦初开的情侣

深情拥抱

难舍难分

细雨芳菲

缈缈飘荡

流离于人世间

化作相思雨

雨的滴落声

像哭泣的声音

滴满思念的泪水

一生有你

一张纸

一段情

纸短情长

写不尽绵绵细语

一个字

一句话

悠悠之心

荡起层层涟漪

一杯酒

一个人

惆怅寂寥

朦胧中与天地共舞

一万年

一千里

一路绝尘

遮断心中云月

一辈子

一瞬间

悲悯苍生

青丝暮雪愁华年

一场梦

一场空

梦醒时分

情深深风雨几许

一阵风

一枝花

花瓣凋落

与泥同尘四飘香

一转眼

一刹那

短短余生

我愿与你同醉

迷 离

我沉重的眼皮

已经无法睁开

我不是为了绽放

我只是不想被时光抛弃

闭上眼睛的一刹

温柔了陌生的岁月

在梦中

为了清醒

我点燃了一根粗粗的雪茄

我深深吮吸

吞进一大口

深情吐出

缭绕的烟雾

幻化成了我的梦中情人

我赶紧张开双手去拥抱

她离我只差一个心跳

没有凝住的时空

散去的烟雾

打破了幽静

迷离了那深邃的山河

颤抖的灵魂

居然没有发觉

穿越的心

飘荡到了哪里

我突然惊醒

眼前的香茶

还在四溢着芳香

原来

我是在孤独地做梦

我品上一口茶

沿着纷纷扬扬的思绪

去寻找美梦中的旖旎

静寂却奏响了

内心的翻腾

我正悲哀着

有人居然开始

没有自知之明的与我连线

请求我一起狂欢

潜在的挑衅

刺痛我的心房

没有麻醉药

我镇定不了

我赶快寻找了一根细小的沉香

插进烟里

点燃，猛吸

恍惚间

我好像受到了控制

妙不可言的梦境

它已逍遥法外

惆怅摇曳着窗外的明月

一轮弯弯的月

一颗平静的心

心魔

它在对我发笑

逍遥自在的我

继续品着那让我释然的茶

终于

我忘乎了所有

我踉跄着步子

走出大门

原本熟悉的路

竟不知去向何方

匆匆那年

那一年

你在教室前，我在教室后

偶尔的邂逅

你浅浅的一笑，会甜进我心窝

那一年

我们相恋了

你喜欢我，我喜欢你

同行，共餐

有了一路说笑的欢乐

有了注视你吃饭时的满足

那一年

我很喜欢唱歌

我唱，你听

一本流行歌曲

逐页唱给你听

未知名的歌曲

胡编乱唱

也兴致勃勃

那一年

我们的足迹

撩人的丰溪河畔

唯美的铜钹山

相约黄昏后

天明不愿归

军潭水库的大坝上

刻下了我们一生的许诺

那一年

你我分开了

君住长江北

我住长江南

隔江相思两茫茫

浔水之阳

踪影不断

惜离别，依依不舍

那一年

相聚长江南

东湖

黄鹤楼

留下了我们未曾遗失的美好

武汉的高温

汗湿了多少衣裳

却升华了你我

那一年

有情人终成眷属

落花有情，流水有意

……

那一年

匆匆而过

……

梦与现实

我孤独地做梦

梦中

为寻求麻痹

我点燃一根细小的沉香

烟雾渐渐将我包围

我沉醉其中

突然、一束光

射向我的眼睛

一阵刺痛

我艰难的睁开双眼

沉香的香味还没有褪去

梦里梦外

我无法判断

脑瓜疼得厉害

不是因为梦

是又回到了现实

等 雪

一夜不眠地等待

稀稀落落地飘零

我失落中惆怅骤起

你可不理会我

自顾飞舞

含情脉脉

轻盈与温柔

你来了

终是一种欢喜

大地会为你换上新装

让人神往的你啊！

你降落到了哪里？

我迫不及待

寻找了一片广袤的大草地

我知道

这是你最喜欢的栖身之地

你轻轻地到来

给寂寥的枯黄

披上一层温情的洁白

妖娆妖媚

昏花了我的双眼

我紧张了起来

生怕一不小心

你这珍贵的美

突然就消失了

我迫不及待

找了一处你化身厚积的地方

把你捧在手里

你变成了一颗向往爱情的心

我送给了心爱的人

这颗心被放进了冰封的抽屉

你的美成了永恒

你也没有辜负我

渐渐热情高涨了起来

像揉碎了白云

刹那间

深厚了大地

银装素裹

惟余莽莽

你还在纷纷扬扬

与梅花共舞着

一起飞进了我的心里

我终于知道

你太为尊贵

才姗姗来迟

待到晴天

你绚烂了人间

化成一滴甘露

浸润到泥土里

早已干涸的草地

白色褪尽

青草悠悠

冬季的雨

凄凉的雨

像是伤心的泪水

一个人

从一座城

到另一座城

一颗心

潮湿了

不知道该涌向哪里

选了一张唱片

听闻远方有你

江山，美人

约定

心太软

曾经心痛

爱真的需要勇气

一言难尽

……

反复听着这些忧伤的情歌

却又有谁能唱出我的忧伤？

让泪化成相思雨

点点滴落在大地上

温柔了臂弯

思念成为永恒

跨　越

共同举杯的刹那

过往皆已成云烟

我不问离别

无所谓忧伤

那踉踉蹒跚的步履

舞着鲜为人知的旋律

这条通往未来的路

闪烁着红色的光

醉与不醉

归与不归

我胸怀着春天

登上一班落下又会升起的航班

飞驰到了那个我梦寐以求的地方

内心毫无波澜

我潦草不做修饰地躺着

纤弱的身躯

撞碎了阳光

我重拾点点光辉

竟空洞了生命

窗台上透明的玻璃

我用手轻轻地去触摸

它透明不见

却冰冷地存在

我无处遁形

坚强的伪装

我假装睡去

沉睡中的梦魇

它诡异地笑着

我仿佛是荒郊野岭的孤魂

我在梦中哭泣着

醒与不醒

哭与不哭

我带着极度的恐惧

被一阵叮铃铃的声音惊醒

虚伪的阳光已离我远去

我迷恋着光的余晖

我开始回忆我的梦境

漫无边际的是

跌入谷底或深渊的痛

在爱与痛的边缘

我疯狂挣扎

直至消失在了尘埃里

炫丽多彩的烟花

争相斗艳，五彩斑斓

它是人间烟火

惊艳着大地

打破了黑暗的沉寂

碾碎了残酷的屈辱

不在黑暗中灭亡

就在黑暗中崛起

那冲天的火花

向往的是人世间的美好

我不问前程

无所谓遗憾

那烟火像是沾染着色彩的灰尘

纷纷扬扬

在黑夜中

弥漫着彻夜不眠的味道

我独自品尝着这味道

山河大地

我忘却了悲伤

在灿烂的夜空中

化成一滴蓝色的泪水

浪漫的散落在黑暗中

涌动如潮的人海

我竟然没有想起

我是故意独行

用一双写满幽暗的眼睛

去诠释经历过的沧桑

去看待人世间的繁华

我挥刀斩断了

天使般的翅膀

我没有难过

无所谓凄惨

是爱，它就注定了飘摇

问君归期未有期

泪如巴山夜雨涨秋池

我在迷醉和不屑中跌落

无意中打开了一扇心门

一束光照了进来

像月光一样绵柔

洁白无瑕

却递给我装满白酒的杯子

我一饮而尽

过往不在

朝阳升起

我却醉在了绵绵情义中

那片云

天边那朵被遗忘了的云

你该怎么办？

为了弄清情况

我也化成了一朵云

我刻意地飘到了你身边

从此

你不再孤独

我却和你一样

变成了被遗忘的云

第二辑

梅兰竹菊　朱重兴

迎　春

俊俏的鸟儿

轻轻掠过树梢

树梢上

点点新绿

鸟儿掠过的弧线

惊鸿一瞥

鸟儿

是飞回南方的燕子

它深情的眷恋着树

树

是大地之子

它让鸟儿有了避风的港湾

万紫千红的花朵儿

争相竞艳

绽放着清纯的色彩

花的心

带着深情的故事

藏在花蕊中

等待着像花朵儿一样热情奔放

一个长发飘飘的少女

迈着轻盈的步伐

迎面走来

来不及与她拥抱

就被她身上

一阵淡淡的香味

给陶醉了

人们开始褪去身上

厚重的羽绒服

争先恐后

去迎接

鸟儿，树，花儿

还有长发飘飘的少女

我撑着伞走在风雨中

一场夜雨

冷却了人间热情

时有时无的烟火

扰人清梦

慵懒的时光

可有可无

冷风潇潇

遮断了路途

我撑着一把伞

漫步雨中

去贴近雨的胸膛

着急的雨

还是无情地将我淋湿

我感受着雨水浸透肌肤的凉

忍不住打了几个喷嚏

是不是有远方的人

在想念我

一只小狗见状

对我汪汪大叫

像是要咬我一口

又像是摇尾乞怜

一个曾经风光无限的恶霸

突然出现在我面前

尽管面前的他

已经干瘪枯黄

汪汪叫的狗

我没惧怕

对他竟然心生几分惧意

毕竟他是记忆里的坏人

而狗不是

曾经也被疯狗咬过

狗长得都一样

早已分不清是哪只狗

人却不是

千人千面

你不会忘记

一张凶神恶煞的脸

你也不会忘记

一张温暖慈祥的脸

而平庸之辈

唯有在平庸中消失

我撑着伞

继续站在雨中

街边办喜事的人家

烧红的炉灶

火焰喷薄欲出

大口的铁锅

热气腾腾

风却不放过

阵阵吹来

瞬间吹散了

腾腾热气

我撑着伞

往回走

我要赶快离开

这雨，这狗

这人，这风

找一个藏身之所

放下手中的雨伞

握不住的沙

阳光下

金光闪烁的沙滩

我忍不住抓了一把沙子

暖暖的沙

直烫掌心，指尖

我想留住这温度

我想留住这沙子

我用力握紧

沙子却顺着我的指缝

流走，流走，再流走

直到指尖掐进肉里

掐到肉疼

猛然发现

只剩紧握的空拳

消失的温暖

我抚摸着冬天的脊背

太阳欺骗了我

我褪去一身厚厚的羽绒服

享受着阳光的温暖

没有想过

竟会变天

骤然而来的冰雨

我被淋得措手不及

冻紫的唇

瑟瑟发抖的身躯

我后悔

我没有预见的能力

我后悔

轻信了阳光

我跑进一处栖身之地

斟上一杯热茶

暖人心窝

突如其来的寒冷

无可抵御

想乖乖顺了上天

上天却未必放过

茶喝到一半

我顾不上一切

顶着凛冽的寒风

冲回家里

找出那心爱的羽绒服

唯有它

能让我抵御寒冷

幸　福

有人说

幸福是情人之间的欢声笑语。

有人说

幸福是事业有成之后的奢侈阔绰。

也有人说

幸福是权势背后的无尽浮华……

但甜蜜的爱情也好，

宽裕的生活也好，

丰盈的俸禄也罢，

虽被冠以幸福之名

却怎么能比得上

对你无微不至，

无私奉献于你的

那份真真挚挚的亲情呢？

当你像模像样地

出现在人前人后的时候；

当你经常看到

饥饿难缠的乞丐

向你伸出脏兮兮的双手，

自己却依然饱食终日的时候；

当你吃完热气腾腾的早餐

坐上早晨第一班公车

去上学或上班的时候；

当你还在感叹

生命的困苦与命运的不济

而徘徊在十字街头

踟蹰不前的时候。

于是，幸福就有了另外的诠释：

幸福是至亲人的一生；

是永不消逝的关爱与温情；

是一辈子的操劳与无怨无悔；

是风霜与沧桑的交织，

泪水与汗水的凝聚；

是痛苦之后的欢颜；

是永恒的魅力。

在路上

宽敞的马路

一片漆黑

只有两边的车道指示线是白的

竞相追逐的车

怎么会理会我的心境呢？

狂奔着

狂奔着的是一颗狂热的心

我向往

像鹰一样

翱翔天空

却发现

一马平川之下

何来的鹰

迎面飞来一群野鸭

它们也在飞翔

只是随着领头鸭

在不断地排列

不断地变换队形

长江之上

洞庭大桥横跨江面

水之南

水之北

紧紧相连

高高耸立的烟囱

袅袅炊烟

犹如人间烟火

一路走

一路望

缕缕情思

在冬日阳光的照射下

乍暖还寒

绿绿葱葱的树啊

你怎么会知道我的心境呢？

生长着

生长着的是一片生机勃勃

一方净土

一片赤诚

我向往

冬去春来

黄花落地之后就是青

青是生命之所在

是绽放

是灵魂

巍峨的铁塔

一座座

连着线

像埃菲尔铁塔

却没有塞纳河

你只知道孤傲地耸立着

你怎么会知道我的心境呢？

冰冷的铁

浇铸的魂

我向往

你钢铁般的毅力

日复一日

年复一年

你是那沿路的美景

是初心

是使命

江山如此美好

天大地大

人亦大

人之常情

情之所至

其实

风景一直都在

漫漫人生路

空中

那飞翔的鸟儿

在地上

那行驶的路人

在眼里

那一份

永不泯灭的温情

在心中

那份思念与牵挂

逃　离

我坐在阳台的藤椅上

陌生的地方

给了我陌生的心境

孤旅的困顿和疲惫

让我一声不吭

我独自点燃一根细细的香烟

吞吐着它赋予的情感

怒放着生命的余温

这种它物所不能及的情感

它是在温情地陪伴

却肆虐的伤害着多少灵魂？

而我

早已不再畏惧。

窗外的马路

车来车往

接待中心的门口

人头攒动

似曾相识的朋友们

老远就笑着挥手

大步迎过去握手言欢

满面春风

我幻想着我的身影也在人群中

我到来的含义

本该有着和他们一样的精彩

其实

安静才是属于我一个人的精彩

见与不见，言与不言，欢与不欢

都与我无关

黄昏的余晖柔柔的洒落

玻璃上和金属栏杆上

金光闪闪

没一会儿的工夫

夜的帷幕遮住了黄昏的光

上帝没有因怜爱而赐给我

一双透视黑夜的眼睛

在这漆黑的夜

我失去了光明

我缓缓走进房间

空荡寂静的房间

沉默不语

烟雾，喧闹，阳光

早已尘封了我的心

我索性关掉了房里的灯

安静地躺着

任由黑暗侵袭

任由寂寞包围

我不会强行与光相逆

不去多想什么

只想安静地躺着

待明日

让一列高速的火车

带我逃离

逃离这个只有烟

没有光

也没有温暖的地方

我轻轻地来

我悄悄地走

不惹一粒尘埃

不安的羁旅

漫无边际的路

我

坐在车上

飞驰的车

我不知道你会把我带去哪里

无穷无尽地来去

我忧心忡忡

晨曦的光

带着微凉的露水

淌进了车里

潮湿了凡人心

匆匆不语的焦灼

惶惶凋落

我早已忘记了

自己曾经的模样

心爱的车

只有你懂我的心

十年生死

二十万里路

地域山河

一路惊艳相伴

不离不弃

织绣了点点繁花

漆黑的路

其实你不懂我的心

浩浩坦途

四十年春秋

红尘来去

一个人的安静

寂寥漫漫

孤独了万千丘壑

熟悉的人

其实你不懂我的心

柔情绵绵

如江南烟雨

无情无痕

一颗心沉静了下来

无处安放

凌乱了岁岁余味

暗　夜

终于太阳下山了

月亮却迟迟没有升起

漆黑的夜

给了我黑色的眼睛

让我去寻找光明

漆黑的夜

又仿佛让我双目失明

任由黑夜承载着我

任由它迅速飞驰

我不问方向

我不问终点

黑暗中

除了漆黑

所有的一切

荡然无存

别对我动心

我是辽阔苍穹中

一只欢快的小鸟

我的灵魂

向往着蓝天

自由飞翔

别对我动心

我惧怕凶猛的鹰

它会把我啄食

我是云端深处

一片悠悠的白云

慢腾腾卷舒

风吹过

云海涌动

别对我动心

我会慢慢消散不见

我是繁花丛中

一朵娇艳的花儿

阳光下绽放

片片花瓣

美丽动人

别对我动心

我会凋落在雨里

零落成泥

我是苍茫大地上

一方蕴藏的青石

深情地躺在

大地的怀抱里

聆听大地的心跳

惬意绵绵

别对我动心

我已与大地融为一体

我是茫茫人海中

一个匆匆过客

淡淡的痕迹

流淌着斑驳的余晖

来去之间

我只停留片刻

别对我动心

我会划破长空

消失在岁月的长河里

别对我动心

大道如青天

我独不得出

远行的人

总有人在远行

远行的人

穿越了时空

去了另一个天边海角

那座荒漠谜城

你胸怀何种意志？

千里之外

来去之间

灯火阑珊处

消失不见的影子

或者

你是打开了那扇

有着亮光的门

才决然离去

离去是悄无声息的痛

残存的是想念

想念有了回忆的魂

伸手触摸

一颗冰凉的心

点点破碎

远行的人

真的远行了

为什么？

我不要知道

我不想知道

归来吧！

远行只是短暂地离开

我已张开双手

美好的一天，早安

迷人的夜，恼人的夜

快乐，忧愁

都与我无关

轻松切断所有连线

告别了过去

告别了纷繁的世界

我便睡了

沉沉地睡了

跳动的细胞

都安分了

属于我的夜

什么梦也没有

天亮了

鸟儿叽喳叫个不停

扰人清梦

我睡眼惺忪按下灯的开关

强烈的光

瞬间刺伤眼睛

让人猝不及防

我侧身下床

掀开窗帘，打开窗子

一股雨后清新的空气扑了进来

我如沐春风

陶陶然清醒

昨夜的风雨

我浑然不知

它滋润了大地

又浸湿多少心田？

而风雨后的阳光

又何时能来？

鸟儿叫个不停

美好的一天，早安

路灯下的孤影

路灯下的孤影

修长修长，瘦骨嶙峋

像路边快要枯死的枝丫

光秃秃，奄奄一息

虚无缥缈的灵魂

沉浸在暗黑的夜里

太久太久

这是多么可怕

我耗尽体内的细胞

只为洞见夜的美

路边寥寥几人

骑车飞快的那个

哼着他独有的曲子

像风一样飘逸

多么愚蠢

一个女的挽着一个男的

不停撒着娇

男的眼眸似乎闪着亮光

多么愚蠢

夜宵铺子

三人一桌，五人一群

在买醉的笑声中

东倒西歪

多么愚蠢

他们麻木不仁

他们浑然不知

黑暗的夜空

像是凝聚了长时间的仇恨

恶魔般张开血盆大口

露出锋利的獠牙

咆哮，狂吼

马上就要将他们全部吞噬

谁都要饮恨西北

我替他们担忧了起来

替路灯下的孤影操起心来

替可有可无的灵魂忧虑起来

万念俱灰

我饶恕了

他们所有的愚蠢和无知

唯独没饶过

路灯下依然行走的孤影

修长修长，瘦骨嶙峋

试问长风万里

可否送我上青天？

静待停雨

只有三十步

我竟然连淋一下雨的勇气都没有

静待停雨

等待

有时候是多么悲哀的存在

要是这个雨不停

那该等到什么时候？

内心挣扎片刻

没有了等的理由

于是

鼓起勇气

打开车门

迎着冷雨走在路上

任凭雨水打湿我的脸，我的身

我没有在雨中奔跑

我慢悠悠地边走边感受

这雨水给我带来的不屑

前方是庄严的大门

威武的獬豸头上冒着青烟

唉，有什么不能释怀呢？

人固有生死

生死之外

又有什么？

只要是生

所有的一切都是擦伤

朽木不可雕

照样可以为棺

豺狼不如虎豹

照样可以当道

云烟成雨

飘飘荡荡悠悠

洋洋洒洒

第三辑

敢与梅花共凌寒 甲辰榴月朱重兴写

与梅花共凌寒　朱重兴

四　季

闪亮而妩媚的眼睛

让我发现

春满人间

春色满园关不住

它带着生命的气息来到人间

是上天的使者

是优雅从容的女神

万紫千红

当春争暖

十里芳菲桃花雨

香尽了云端

沐浴春风

动人而专注的眼睛

让我发现

夏之热情

夏日炎炎似火烧

它有着燃烧自我的热情

是释放能量

是火热的一腔热血

怒放生命

细腻有情

圣洁有光的刹那

醉了时光

葱茏熠彩

灿烂而深邃的眼睛

让我发现

沉甸甸的秋

一叶落而知天下秋

它穿着一身黄金铠甲

是寂寥之悲

是受伤后的坚强

红枫自怜

片片凄凉

惊艳了大地

从此沉睡

温柔而坚定的眼睛

让我发现

寒冬犹霜雪

曼妙东山而后晴

它笑着轻盈地起舞

是前路知己

是如梅之幽香

不畏凌寒

不惧凋谢

冰冻了九天

还见阳春

油菜花

灿黄的一片花海

漫无边际

成群的蜜蜂

忙得不可开交

它们在采集花蜜

当然

我也不知道这花蜜背后的甜

蜜蜂会给谁

一群拿着相机的人

在花海尽情拍照

照片中

留下了油菜花永恒的美

油菜花开

我固然欢喜

我更盼望

花后沉甸甸的果

串串硕果

低垂着曾经昂首向阳的头

面朝大地

花，永远都是昙花

惊鸿一瞥

转瞬凋零

果，却把自身熬成了一滴油

一滴绿色的油

一滴造福人类的油

像蜜蜂一样的艰辛

这滴如蜜般的油

你又当给谁？

旋　涡

小时候

看到旋涡

惊讶旋涡的神奇

那个时候

就喜欢往那旋眼上丢东西

静看所丢之物

被卷下去

然后，茫然不知去向

长大后

知道旋涡下面是个洞

这个洞

可能是奔腾到海的洞

可能是奔向深渊的洞

也可能是个穿越地球的无底洞

不管怎样

水是自由的

在你的心窝

任由你旋

任由你带他翱翔

翱翔到另一个地平线

风 筝

东飘西荡的那颗心啊

像是一只用纸糊成的风筝

飘来飘去

你向往自由

你想要飞得很高

你肯定知道

有一双手

拽着那根看似透明的线

你不能忘乎所以

你挣脱不开这根线

你不要飞太高了

高处不胜寒

我怕你粉身碎骨

我们不需要

起舞弄清影

我们一直在人间

我就默默地拽着这根线

你继续飘

飘到那一片

有星辰大海的天空

等待

等待黑夜到天明

作别满天的繁星

你回到了我的手里

太阳终于从东边升起

它要照耀人间

人间那些灿烂的笑容

黑暗中的亮光

一片漆黑的夜里

我孤身一人

空荡荡地环顾四周

我发现了一处亮光

那是指明方向的灯塔

亦是黑暗中的孤独

一个人的不眠

我静静躺在床上

心中默数着小绵羊

我努力放空了大脑

忘却了所有

唯独没有忘记

我还醒着

我不去管窗外的夜空

也不去管夜空中的星星

还有那照无眠的月亮

更不会去管是否有人

和我一样无眠

所有的一切

不管，也不应有恨

夜的魔

它正和我展开马拉松似的拉锯战

心的魔

它控制着我的大脑

我要睡觉的时候

它要我写诗

我要写诗的时候

它要我去消遣

我消遣的时候

它要我早点睡觉

我不知该如何是好

窗外的星星

它并不知我的心

不然

我怎么会不管它在不在呢

还有那一弯明月

它静寂地挂在天上

让这夜晚也变得静寂

它静寂了人间

唯独不让我静寂

我不会去管

任何人，任何事，任何物

我只管不眠

让它独属于我

属于我

一个人的寂寞

一个人的孤单

一个人的想念

陪　伴

游乐场里

我和孩子们

坐着滑草的木船

在滑草场的顶峰

瞬间滑下

速度如光

木船两旁溅起了

碎碎的草花

像碧波荡漾

猛然就到了山底

和停在水面上的船

撞在了一起

我惊魂未定

孩子们，欢呼雀跃

水的旁边

是丰溪河畔

河水清浅

露出了大片沙滩

阳光下

沙子闪烁着点点亮光

孩子们

像是寻到了一处宝地

争先恐后

脱掉了鞋

卷起裤脚

玩起了变化无穷的沙子

他们的世界里

没有顾忌

一会儿的工夫

认识的，不认识的

大点的，小点的

欣然打成一片

沙滩上留下了

他们凌乱的足印

我在边上

无趣地叫唤他们的名字

没有一个人理我

我也脱掉了鞋

卷起裤脚

追着跑着假装要打

他们玩得更尽兴了

一阵子下来

我气喘吁吁

每一根骨头都跟要断了一样

遍及全身的痛惊醒了我

我缓缓睁开眼睛

原来是一个梦

意犹未尽的梦

我喜欢的梦

黑　白

黑白的世界里

一分为二

不是黑就是白

什么是黑？

什么是白？

黑，是沉寂

白，是爆发

我不置可否

我愿意做一个

黑暗中漫舞的幽灵

沉醉于夜色的美妙

我也愿意做

光明中燃烧的蜡炬

泪滴中化为灰烬

白天不懂黑夜

黑夜不解白天

我憧憬着未来

那遥思相望的色彩

是雨后的彩虹

是雪后的晴天

是风浪之后的平静

也是跨越黑白的美

等待阳光

风雨后总会有阳光

历经洗礼的大地

光的热量

将水晒干

低垂着头的花朵

重新昂起了头

娇艳百媚

撑着伞的路人

丢掉了手中的伞

欣喜若狂地

去感受绚丽多彩

去沐浴人间温暖

孤寂的星

我摘下天边

一颗像我一样孤寂的星

我把它捧在我的手心里

让彼此的孤寂互通

它明白了我的心

从此

浩瀚的宇宙

少了一颗星

而我

多了一份

相依为命地陪伴

我把它捧在手心里

这颗属于我的星

它也不再孤寂

第四辑

盛世腾龙　朱重兴

盛世腾龙

白云朵朵

蔚蓝的天空巨龙腾起

穿破了浩瀚长空

一道曙光，长远深邃

腾飞的是国之命脉

引领华夏子孙

奔向中华盛世

盛世绵长

孕育五千年文明荟萃

福泽了天下苍生

神州大地的魂

是中华之图腾

是美丽的神话

蜿蜒盘旋

龙鳞闪烁着星辉

炫丽了锦绣山河

伟大的中国梦

是坚定不移的信仰

是砥砺前行的力量

御风而行

放声嘹亮的歌唱

繁华了辽阔大地

源远流长的传承

是山河无恙，岁月静好

是繁荣昌盛，国富民强

凤凰洲的凤凰机甲

气势恢宏的音乐长鸣

水上的凤凰光芒万丈

凤凰洲的"凤凰机甲"哟！

万众瞩目，巍峨耸立

它缓缓张开机械般的翅膀

仿佛要振翅高飞

引领庐陵腾飞

它缓缓合上翅膀

仿佛深情拥抱

护佑一方水土

一张一合

雍容华贵

凤凰洲的"凤凰机甲"哟！

一次次梦回庐陵

在你温情的怀抱里

感受你的温度

你那热血澎湃的胸膛

是波光粼粼的湖面上

高低起伏的音乐喷泉

动人的节奏弹奏着夜的欢快

湖面雾气腾腾

和你一起演绎着人间仙境

沉醉，沉醉

凤凰洲的"凤凰机甲"哟!

你深扎庐陵红壤沃土

孕育出了涓涓细流

涌向赣江

激起了层层翻滚的浪花

淘尽江右英雄

三千进士冠华夏

文章节义金庐陵

千年的庐陵

千年的爱

生生不息

年轻的我们

一片蓝天

一个屋檐

有你

有我

我们面目一新

却熬过雪雨风霜

我们鲜为人知

却历经千锤百炼

年轻的我们

朝气蓬勃

年轻的我们

笃志好学

年轻的我们

奋力拼搏

年轻的我们

自强不息

无论前方的路

有多坎坷

思想有多远

梦想就有多远

一方热土

一腔热血

有你

有我

我们风雨同舟

挂云帆乘风破浪

我们勇往直前

从不畏艰难险阻

年轻的我们

满怀雄心

年轻的我们

豪情万丈

年轻的我们

壮志凌云

年轻的我们

永不服输

无论前方的路

有多艰辛

年轻无极限

谱写青春华章

九龙灯

赣水之滨

梦回庐陵

剑，是一柄利剑

剑指所向

是一方沃土

龙，是那条神龙

盘旋剑身而上

剑与龙

完美无瑕

龙身上九盏明亮的灯

高高悬起

像是龙鳞耀出的光

照亮庐陵前程

也照亮世人

于是

三千进士冠华夏

于是

三百书院，楼阁相望

于是

十七状元，齐踞鳌头

腾飞的龙

向着东方

太阳升起的地方

向往回归的地方

还有那紫气飘渺而来的地方

镜子中的你

镜子中的你

是另一个世界的你

我默默地注视着你

你两鬓斑白

面黄肌瘦

我抑制不住

内心的波澜

一阵阵酸楚

隐隐心痛

多情的泪水

奔涌而出

看到我哭

你也哭了

镜子中的你

曾几何时

你风华正茂

意气风发

像一轮东方升起的朝阳

你身穿紫色战袍

为生存而战

为爱情而战

为自由而战

你奋勇杀敌

所向披靡

你成了

无人能敌的英雄

镜子中的你

还是从前的你

生命

是一场拥有到失去的过程

无论是拥有

还是失去

你的笑没变

你的哭却在失去中

穿透了灵魂

我不患得患失

我不悲天悯人

任由岁月无情

带我悄然离去

我成了镜子里的你

何时再相见

古城墙瓦的容颜

太多惊艳

屋顶翘角和飞檐

多么显眼

洋门楼下的相见

是三千年前

也似在昨天

青阳街边的五店

春风百里拂人面

情真意切地想念

一遍一遍

何时再相见

澎湃的心田

慢慢在改变

当天许下的诺言

就让它早点实现

苍官影漫步路线

深情绵绵

涨海声起的人间

繁华万千

华表山麓的云边

睁眼去分辨

和孤独插肩

摩尼光佛照向天

相见恨晚的相欠

离别后的挂牵

一片一片

何时再相见

澎湃的心田

慢慢在改变

当天许下的诺言

就让它早点实现

何时再相见

澎湃的心田

慢慢在改变

当天许下的诺言

就让它早点实现

今夜难眠

真心多了一点

永远不变

最迷人的笑脸

遭　遇

世人终会离我远去

我也终会离世人而去

仰首俯首间

寥寥春秋

如果没有自渡的能力

就放下一身本领

学会往前看

不让岁月一直透啊透

不要愁白了少年头

去追求

那属于自己的

快乐和白首

我希望

我是蒲公英

在爱曾经去过的地方

自由自在地吐露芬芳

然后

随风飘扬坠落

不去想

时光的漫长

庆幸的是

光年之外

有一个和我一样的你

遭遇着相同的遭遇

摔 跤

脚底一滑

重重摔在地上

毫无征兆

毫无防备

手反应特快

奋不顾身

迅雷不及掩耳

他挡在了前面

忘记自己会受伤

保全了

我的身

我的腿

我的脚

因脚而起

却伤害了手

他伤的很严重

瞬间肿了起来

疼痛不已

这个时候

我的身

我的腿

还有脚

同为一体

都想分担苦痛

却发现

除了感知

爱莫能助

这份护而周全的恩情

唯有感激涕零

而手

只有独自承担

独自承担

这份无需言语的甘心情愿

和这份默默的痛

虐心的夜

灯火阑珊处

夜半三更

披衣，下床，挑灯，看酒

不知道是不是惦念着酒？

而没有睡觉

还是心中所藏之事太多

而没有睡觉

酒也好，心事也好

他是没有睡觉

看好的酒

热情的给自己斟上一杯

双手举杯过头顶

敬天地

敬鬼神

敬漫漫长夜

一饮而尽

亢奋的神经

渐渐衰弱了下来

麻痹的细胞

失去了与黑夜对话的情趣

两眼昏花

悄悄然入眠

虐心的夜

这是最好的救赎

否则

就只有想着酒

想着心事到天明

等 待

一个又一个的夜晚

漫无边际

朴实无华的我

没有了动人的辞藻

我傻傻等待

等待，有时候是最美好的向往

向往着大海

向往着春暖花开

我在美好的等待中

等到了星星

迎来了月亮

又看着天明

我终究还是地球人

那个宇宙之外的另一个星系

或者是银河系之外的外星人

还是没出现在我眼前

她出现在了电视荧幕中

出现在了昨日的故事中

而昨日的故事

又成了不可重复的故事

我成了妈妈

找一个心爱的人

爱他，嫁给他

在甜蜜，欲望，狂欢的爱河里

爱情的汗水

晶莹闪烁

我窈窕的身姿

渐渐臃肿

我恐惧，焦虑

暴躁不安，紧张抑郁

十月之后

苦痛的分娩

我心头的一块肉

那是我涅槃重生的另一个生命

他来到了这美好的人间

他不知道我的痛和苦

他对着我笑

我也对着他笑

我忘记了所有艰辛

我成了妈妈

我的胆子变大了

我的胆子变大了

以前滴酒不沾

变成了如今大碗喝酒

然后酩酊大醉

醉倒在了轻蔑的嘲笑声中

从此

没有了人间清醒

我的胆子变大了

学识如此浅薄

居然写诗

泛泛而写

照着自己的模样

写尽卑微

我的胆子变大了

谨慎细微的人

变得狂放不羁

像一匹脱缰的野马

在春天的草地里胡乱奔跑

没有了方向

永远跑不出那片地

我的胆子变大了

惧怕黑夜的我

变成了午夜幽灵

飘荡在深夜的某个角落

在孤独的寒风中

蜷缩成一团

瑟瑟发抖

花蚊子

一只花蚊子

咬在我脸上

我并未察觉

痛痒之际

我突然惊觉

肯定是蚊子

我举起手

朝着痛的地方

毫不留情

一巴掌拍了下去

这只可恶的花蚊子

死在了我的手上

我满手鲜血

蚊子的尸体瘪不成形

我余恨未尽

咬牙切齿

双手又恶狠狠的

揉搓了几下

花蚊子的残骸

都不见了

我总算解了心头之恨

出了一口恶气

留给我的是

脸上渐渐鼓起的包

素 描

一张白纸

无数点的写入

连成了直线

无数的直线纵横交错

光的原理

才有了阴影

无数个面

正面，侧面，上面

亮面，暗面……

二维空间的立体图案

跃然纸面

那无数个点

还有无数的直线

却消失在了纸上

我不知道

我心中的维度

是否藏在了

反面，另一个侧面，还是下面……

那个阴暗面的答案

无从得知

右边的那颗心

怦怦然跳得厉害

我将自己埋葬在了这张白纸上

第五辑

荷韵兰馨君子风　朱重兴

最美仁怀

有一种诗情画意

像荷花

不蔓不枝，香远益清

像兰花

谦谦君子，温润如玉

像雪花

翩翩起舞，何似人间

像浪花

千古风流，淘尽英雄

它浓烈时

是一股漫遍全身的热量

每一个细胞都在疯狂跳动

它恬淡时

又柔情似水

沁人心脾

恍恍惚惚浸润了每一寸肌肤

浓淡变幻

不经意间

我迷离了双眼

我仿佛醉在美人的怀里

我假装豪情万丈

我假装壮志在胸

可这份独特的绵柔

竟然让我无可抵挡

我被征服了

我用我最大的能耐

去实现我最渺小的价值

盈盈暗香

撩动了孤寂的夜色

天上月亮如隐约断裂的残钩

相聚匆匆惜离别

离别是不可形容的痛

却是更美好的又一次期待

人间苦楚冬月天

一半寒冷一半别

我问苍天

谁能与我相共？

苍天不语

我便飞向了空中

在空中慢慢起舞

我那僵硬的躯体

竟然跳出了最柔美的舞姿

可答案却依然不见

我问大地

谁能与我同醉？

大地不语

我便跳进了江里

在水里平静地下沉

我那颗尚在微弱跳动的心

却也弹奏着迷人的夜曲

我屏住了呼吸在水里聆听

答案从沉寂的水里缓缓浮出水面

知与谁人共

知与谁人醉

醉是一种无可言喻的美

醉

是渴望，是洒脱

美

是深情，是向往

仁

是情义，是高尚

怀

是遇见，是格局

醉美之间便是仁怀之情

生命的色彩

每一个生命都是有色彩的

红色是热情，黄色是活力

蓝色是沉稳，橙色是激情

绿色是生机，青色是睿智

还有那撩人心弦的紫色

是独有的高贵

每一个生命都是有色彩的

炫丽多彩的色

缤纷亮丽

人间烟火处

是不凡的存在

冷暖有度

每一个生命都是有色彩的

每一种颜色所代表的

都是他独特的表达

他代表的

是一个生命

也是一种色彩

更是一份

无可言喻的情

每一个生命都是有色彩的

选择默默不语

恰恰是

最接地气的绽放

绽放的是诠释生命的流光溢彩

是奔向光明处的鞭策

是蜕变之后的不可一世

每一个生命都是有色彩的

不要忽略了

一个生命的意义

他在

他的精神永驻

醉江南

江南烟雨朦朦

哄睡了没有过往的灵魂

少年们

迷失了方向

轻许了张狂的爱

孤寂又昏暗的夜

梦的踏实

艳潋斑斓的炫彩

魅力四射

江南烟雨中

一壶清酒喜相逢

一壶浊酒醉江南

梦

我行走在路上

隐约黄昏

天色朦朦胧胧

找一处栖息之地

寻梦

梦在哪里？

我发现了

梦在夕阳西下的黄昏

梦又会是冉冉升起的朝阳

也许

唯有落下之后才有升起

梦

它永远就是梦

残酷的现实

它会将你唤醒

从此

我们不再做梦

从此

我们不再有梦

从此

梦的本身也成了梦

从此……

我行走在路上

没有梦

彩　虹

喷水车繁忙地喷着水

飘落的小水滴

凝着空气中纷扬的尘土

阳光穿过

形成一道彩虹

红色，橙色，黄色，绿色，蓝色，青色，紫色

七彩缤纷

人世间最炫丽的色彩

朝思暮想的向往

我模糊的眼球

激动地捕捉这旷世之美

阳光下

彩虹慢慢消失

终于不见了踪影

却

永远地镌刻在了我的心里

被伤害的烟

划一根火柴

将香烟点燃

烟嘴触碰到了我的唇

我吸一口

香烟炽烈燃烧

口中吐出的烟雾

层层腾起

像浮世中的思绪

悠长，悠长

渐渐淹没了

我呆滞的眼神

我的眼里

不由自主的

泛起一丝丝凉意

那是烟雾熏出的泪水

我猛吸烟嘴

直到你燃烧殆尽

弹指尖

灰飞烟灭

尼古丁，焦油

染黑了我红色的心肺

尽管你肆无忌惮

我也不怕被你伤害

因为

我已嗜你如命

我丢掉手中的烟蒂

突然惶恐了起来

惊慌失措

因为

我伤害了，失去了

一根视为生命的烟

迷人的酒

迷人的酒

也是醉人的酒

迷人的酒

有着迷人的醇香

小口啜饮

心中涟漪，层层荡起

大口豪饮

万马奔腾，波澜壮阔

觥筹交错间

醉在了那一缕醇香中

我飘飘然于灯红的夜

身躯

跌跌撞撞

撞到了沦陷的热情

身躯

颠颠倒倒

倒在了星空下的草地上

我睁开迷离的眼睛

看着漫天恍惚的繁星

我不再是个迷茫的孩子

我深沉地闭上双眼

终于

不需要再想什么

终于

安然的进入了梦乡

在梦乡

有迷人的酒

醉人的酒

那迷人的醇香

让我寻得了一份

属于我的安宁

远方来客

迷雾沉沉

风雨飘然

有朋自远方来

不亦乐乎

远方的客人

你们握着

一首美妙的诗

一曲动人的歌

狂奔在路上

我在焦急的等待中

怦怦然心跳

曾相识的人

或还未曾相逢的人

我惶惶不安

我要掌握好

你们导航地图的行踪

我要第一时间

迎接你们的到来

深情的拥抱昔日的友人

我要订一处高雅的餐厅

让你们品尝人间美味

我要拿出最美的琼浆玉液

与你们把酒言欢

我要包下一艘游轮

带你们遨游梦回庐陵的湖光山色

看山雨欲来

我们沐浴人间烟雨

看九龙灯盏盏

点亮庐陵

照亮我们的前程

看凤凰机甲张开翅膀

振翅翱翔

拥抱我们的未来

我要带你们去五指峰

让你们尽情享受

格兰云天的惬意

我要带你们去看玉带河

然后

深情地躺在它温柔的臂弯

……

我惶惶不安

我怕我的热情不够

睡梦中的诗

铺开一张白纸

一个字，一句话，一首诗

夜半三更

竟还无眠

饮一杯酒

终算入睡

却惊醒了神灵

活跃的脑细胞

与神的火焰激战

无法消停

终于

走火入魔

一首诗，两首诗，三首诗

首首惊心

这是与神的对话

我竟兴奋地醒了

深深追忆

却只剩一片空白

还有漫无边际的无眠

沿途的景

来往的车

朝着各自的终点

穿梭在风雨中

匆忙赶路

蜿蜒曲折的道路

在烟雨迷雾中

影影绰绰

一浪接一浪的山脉

延绵不绝

郁郁葱葱的树木

生机勃勃

红色的杜鹃花

相簇相拥

惊艳的时光隧道

传颂着光阴的故事

仿佛跨越了千年

穿越了时空

多么怡人的风景

让人留恋

我静坐车里

却恍惚凄冷

我拷问灵魂

灵魂竟不由自主地闪躲

前面还是漫漫的长路

路

其实都一样

在迷雾中曲折蜿蜒

沿途的景色

其实也一样

取决于看风景的人

我收起我的心境

随着车子

继续前行

酒

白酒

一杯接一杯

终于

终于都喝开了

吆喝，豪言壮语，唯我独尊

酒这东西

恐怖至极

我可不敢恭维

认真对待

舍命的喝

依然还是不堪一击

酒精在我的血液里

麻醉了我

我昏沉沉地趴在桌上

喧闹的饭桌

变得一片寂静

只有跳动的心脏

发出一个声音

我要人间清醒

终于

终于到了曲终人散的时刻

我抬起头

用迷离的双眼望着大家

像是苦苦哀求

哀求同情和怜悯

遭遇一番恻隐和鄙视之后

大家放过了我

草草离场

所有的一切全部归于平静

平静，是无可言喻的伤

平静，是孤独，是寂寞，是占据

所有的一切

又都无从说起了

我抬头仰望星空

月明星稀的夜空

乌鹊南飞

我还是我

一个不胜酒力的我

终于

终于我怀揣着人世间的美好

进入了甜甜的梦乡

梦里的一切

都是最美好的一切

我怀揣着梦

梦里有我

明　月

一轮皎洁的明月

在婆娑的夜晚起舞

远远的，远远的

天涯海角无尽处

明月几时有？

此时相共

便是人间值得

我将心向着明月

明月却只照着沟渠

熟悉的月亮

陌生的地方

我羞涩地躲避

躲在了街边的屋檐下

躲进了路边的公交亭

月亮的光将我的影子

拉得斜长，斜长

我索性走到大道上

不顾车来车往

忘却生死存亡

猛然抬头

月亮在默默地注视着我

无可奈何之下

我钻进了屋里

透过窗户

一束白月光照在了我面前

冰凉，冰凉

第六辑

五指峰高入云霄
甲辰夏朱重兴于吉安

五峰山高入云霄　朱重兴

五峰之神

五峰山之巅

洪荒至上

太阳，月亮

永恒相伴

我双手合十

不为别的

只求日月有光

照耀人间

三皇伏羲

创八卦

知天地乾坤

文王写《周易》

生六十四卦

孔圣人在上

我双手合十

不为别的

只求天成万象

福佑苍生

盘古开天辟地

元神化三清

三清大殿

玉清元始

上清灵宝

太清道德

三大天尊

我双手合十

不为别的

只求得道成仙

开劫度人

大地之母

炼石补天

抟土捏人

湛湛青天

悠悠白云

我双手合十

不为别的

只求天地人和

万物共生

北斗星君

消灾度厄

文武寿禄

威震三界

风呼呼，浪滔滔

我双手合十

不为别的

只求风调雨顺

安居乐业

深沉的大地

为什么眼里常含泪水

因为对这片土地

爱得深沉

这片让我深爱的土地啊！

我依依不舍

我深情眷顾

也不知道你爱我否

爱与不爱

我就站在你面前

恨与不恨

我都不会离去

因为你是

哺育我成长的大地

你呵护备至

你关爱有加

所以

我怎么可能

舍得

离去呢

就算离去了

还是葬在你的心窝里

让我可以安眠的心窝

虚幻的爱

不同的境地

不同的感受

绝对不会有同步的美好

终于等到了风

也等到了雪

就是没等到一个爱我的人

或者是我爱的人

因为你看不到

你也就不知道

天边海角的你

上天恩赐了你一个降落伞

你就飘然而下

飘到了我面前

撩动了我的双眼

我只能屏住呼吸

凝神静气地盯着你

你仿佛就是一个

逗逗我的外星人

你是不是真实的你

你是谁的化身

我不敢想象

为了证明我还在

我把自己幻化成

传说中的神仙

能想的

不能想的

太多

太美好

也最简单

庆余年

相聚，离别

有人欢喜，有人忧愁

情不堪

回忆与未来

终点与起点

没有年

时间没有了期限

停顿，歇息片刻

南山南

悠悠长龙

扬帆，启航，再上路

黑夜的幽灵

黑夜的幽灵

你是我面前吹过的一阵风

这风

吹落了桃花

吹散了杨柳

却吹不乱我的心

我是悠悠寸草

我微微的躯体

坚守着我的阵地

谁都休想践踏我的自尊

即便失守

也定然是我灰飞烟灭之后

黑夜的幽灵

不要站在我面前

快点离开我的视线

不然

我会把你当成

入侵的敌人

不管你魔法多高

要么把我魔化

让我成魔

要么我就化身孤岛的正义

降魔除害

黑夜的幽灵

不要站在我面前

面对战争

我已无力应战

面对战争

我已疲惫不堪

窗外那只鸟

依然不知疲倦地叫着

只是我真的倦了

我闭上倦怠的双眼

救　赎

走进一片静寂的森林

黑压压的树

挡住我的去路

不让我前行

繁茂的杂草

淹没了我的腿

我仿佛陷入泥沼

满身带刺的藤条

无情的将我捆绑

尖尖利刺

刺穿我薄薄的衣物

扎进我的肉里

皮开肉绽

我垂死挣扎

一束光从天而降

一泻千里

流水声哗哗

脚下的大地变成了大海

我在一条飘在海上的船上

捆绑我的藤条变成了

粗粗的稻草绳

我瘦长的身躯化成了

船台上的桅杆

我的衣物迎风展开

渐渐鼓成了帆

正欲乘风破浪

一个炮弹落在甲板上

木屑纷飞

断下的桅杆连着褴褛的帆

掉进了海里

被一个巨浪吞没

狗的世界

一条狗在汪汪吠叫

撕破了夜的沉静

我不知道它在叫什么

也许，是在宣泄深夜的孤寂

也许，是在扰人清甜的美梦

又也许，是它那双幽亮的眼睛

在漆黑的夜里

看到了神灵或鬼魅

狗的心声

我没办法猜测

我也不知道

我刚才是做着什么样的梦

而这条狗却惊醒了我

它还在狂吠不止

我能理解它叫得有多累

我内心忐忑

我多么想去关心一下

就算是这样

狗的世界

它能理解吗?

算了吧!

不去多想什么

我不能去怜悯一条狗

毕竟我是一个人

清晨，昨晚吠叫不停的那条狗

它安详自在地趴在马路边

不再吠叫

来来往往的路人

从它身边经过

它摇着尾巴

吐着莲花色的舌头

深情款款的

望向每一个人

第七辑

石竹　王慧生

石 头

屋后的山上

一片油菜地

一颗石头

深深埋在泥土中

石上苔痕葱绿

石旁的油菜

青色悠悠

二十二年前

亲手栽种的两株松柏

繁衍成了多株

高大伟岸

有石便有竹

竹报平安

所幸

离你不远处

有一丛毛竹

枝繁叶茂

你在这里扎根

历经

多少春秋

多少云和月

多少风和雨

还有

多少年复一年的

阳光

你并不起眼

常有人从你身边走过

却没有人为你驻足

你只是一方磐石

锄地的菜农

无法撼动你的坚韧

每一次的播种

只有默默绕开

无奈

摇头

有一天

一位仁者走到你身边

你的神奇之光

惊艳了他的眼睛

你是一颗古石

跨越千年时空

等待一个人

你吸收了天地灵气

又成了一颗灵石

佑护一方水土

守护一个人

那个人

站在你身上

眺望远方

为你写诗

吸收你的灵气

幻想与你融为一体

因为你的灵气

这片土地

山清水秀

宁静怡人

因为你的灵气

那个人

不再寒冷

不再忧伤

从此

你也并不孤独

那个人

在你面前

点燃一炷香

虔诚膜拜

感恩相遇

那个人

在黑夜

为你燃放烟花

响彻云霄

天空亮了

那个人

在你周围

撒上一把花籽

让你

繁花簇拥

那个人

在你身边

深情陪伴

他终于化成了一棵树

陪着你

三生三世。

飘

晚夜的风

吹乱了头发

吹不散浓郁馨香

魔幻的光

穿透了眼睛

穿不进坚定的心

震撼的音

激起了热浪

激不起踏浪的脚步

心跳得厉害

天空中

繁星眨眼

穿着宇航服的太空行者

在上面茫茫然地飘着

失重了一样

有群星做伴

他依旧

飘着，荡着

我

随着凄冷的风

归去

风无情

夜无情

那颗星

多雨的夜

逼退了满天繁星

我拼命找寻

找寻那颗

知我心的星

雨水淋湿了

我的双眼

我分不清眼里

是雨是泪

我睁开模糊的眼睛

那颗星正泛着

晶莹的泪花

像流星一样

陨落天边

无情的泪

冰冻了

我一腔热血

半世风霜

江南烟雨中

凤凰城门外

我为那颗星

轻歌曼舞

深 坑

这是一片贫瘠的土地

你未曾富庶

却养育着这里的祖祖辈辈

贫瘠

让我们不安分

一直努力寻找更好的出路

贫瘠

让我们记住了一定要富裕

方可出人头地

贫瘠

让我们骨子里有了一股拼劲

至死方休的那股拼劲

贫瘠

让我们懂得了"争气"的含义

唯有争气才能有一片自己的天地。

这是一片希望的土地

充满了希望

希望

是我们共同怀着的伟大抱负；

希望

是我们所有人诚挚的感恩之心；

希望

是我们所有人成就之后对这片土地的念念不忘；

希望

是永不泯灭的一种信念

真真切切

这是一片安静的土地

你未曾喧哗

却滋养着这里的一方净土

安静

让逝者安息。

安静

让生者坚强

那片海

碧波荡漾的海

蔚蓝而广袤

蓝色

是妖姬

是生死之恋

那一滴一滴

滴入海里的泪水

海水，泪水

是千年不变的咸

海

有着数不清的浪花

海

有着波澜壮阔的胸怀

海

有着潮起潮落的起伏

泪

晶莹剔透

泪

千古伤怀

泪

绵延不绝

那落在浅滩上的泪

风干了之后

成了闪耀的晶体

泪水，海水

源于生命

源于自然

泪海，苦海

泛起人世爱恨

那片海

却依然是星空下的

那片海

鸵　鸟

卡拉哈里沙漠中

一只威武的鸵鸟

摇摆着骄人的身姿

大步前行

它在寻找一片

有清泉的绿洲

不为别的

只为救活

一群嗷嗷待哺的小鸵鸟

卡拉哈里的沙漠

这荒漠的大地

何时能涌出一股清泉？

终于

在野兽聚集的地方

找到了那一滴甘露

你的眼里

发出了绿光

为了那滴甘露

弱肉强食

可能

你会被吃掉

也许

凭借着你粗壮的腿

还有威猛的身躯

把野兽踢跑

如若不然

那就放弃所有的挣扎

卸掉长着羽毛的翅膀

不再飞行

顺应

那凶猛的虎

那凶猛的狮

那凶猛的豹

都是食肉的动物
不幻想它们的
慈悲为怀
你放弃了生命
你就是美味
你不放弃
你又能如何？

算了
束手就擒
什么都不去管
把头深深埋在沙子里

没有诗的远方

大地欣欣然睁开了

风干的双眼

油菜花金灿灿铺满了田野

骚动的蜜蜂

花丛中寻找它的幸福，甜蜜

还有前世之旅

飘舞的柳絮

像撩动少女的长发

摄人心魂

我不知沉醉与否

白日梦里

亲吻我额头的那个人

你在哪里？

和暖的阳光

我竟无所适从

我到底在患失什么？

我被氤氲的茶香惊醒

眼角的一滴泪落在了手心

那一颗思念远方的黑痣

依旧清晰地长在想你的位置

诗和远方

我不想写诗

我就幻想远方

那个仓央的布达拉宫

傻痴痴的

沐浴着这人世间的春风

然后

我也化成一缕清风

吹向大地

吹向花田

吹动少女的心

像蜜蜂一样

寻找幸福，甜蜜

还有前世之旅

总　有

东南方向的房间

清晨总有阳光照进来

明亮和煦

房子周边的树木四季葱绿

阳台五颜六色的花绚丽盛开

总有几只鸟儿停在栅栏上叫个不停

鱼池里堆砌着嶙峋的假山

流水潺潺

总有几条勤劳的鱼

不知疲倦地游个不停

清幽的小径

总有早起的人

怀揣着心中的梦想在晨跑

街边宽敞的马路

总有车来车往

承载着一颗颗忙碌奔波的心

天花板上总有水在滴落

是哪里的水在渗透？

渗透

来自远方思念的伤悲

伴随着潮湿的空气

化成点点滴落的泪水

总有相爱的伤害

伤害

来自天堂的魔鬼

来自漫不经心的痛

我爬将起来，睡眼惺忪

揉揉朦胧的双眼

总有想不完的事

总有做不完的事

总有看不完的世界

电闪雷鸣的夜

一道道闪电

划破漆黑的夜空

轰隆隆的雷声响彻云霄

胆小的人

用被子蒙住了头

骗过了自己

阵阵急促的雨

洗刷着大地

风，呼呼地吹

大树摇曳

路灯下的柏油路面

亮光闪烁

胆战心惊的城堡在闪电中

颤颤巍巍

那只鸟

是否受惊了

叽叽喳喳叫个不停

那个站在天空下淋雨的人

他遭遇着怎样的浩劫

生命是一场

短暂而脆弱的旅途

唯有放下心中风雨

才会自在轻松

雷声越来越大

谁是那个被放下的人？

那条河

那条河

是天堂飘下的玉带

清澈碧蓝

像母亲的怀抱

小时候

总是光着屁股

跳进你的心窝

嬉戏打闹

偶尔

会呛到一口水

水却是甜的

依然沉浸其中

慢慢长大成人

水里的那条鱼

在你的心田畅游

吐着幸福的泡泡

时而

不顾那湍急的流水

激流而上

追寻着属于它的快乐

旖旎的河水

滋养着鱼儿成长

有一天

暴雨下红了眼

你气势汹涌

翻滚着波涛

清澈透明的河水

被山水，浊流

染成了黄色

黄色的水，奔流到信江

与信江交融

豪情万丈

流向了大海

有一天

你干涸了

深深的水窝里

只有浅浅的一汪水

河滩上的沙子，鹅卵石

孤寂，沉静

有淤泥的地方

烈日暴晒下，龟裂

一道道裂纹

纵横交错

红彤彤的斜阳

掉进了裂缝里

小 鸟

总是叽喳叫个不停的小鸟

不见了踪影

哦!

原来是因为风雨交加,电闪雷鸣

小鸟啊!

你那娇小的身躯

风,会将你吹走

雨,会将你淹没

雷电,会让你魂飞魄散

你不必挣扎

也不要抗衡

你只是一只小鸟

你没有海燕对暴风雨的那种无惧

你也没有雄鹰翱翔长空的那种孤傲

面对猛烈的暴风雨

小鸟啊！

你找个栖身之所

它能护你周全

风雨之后

你又可以自由飞翔

婉转歌唱

在水里

我离开了陆地

纵身跃进水里

缓缓下潜

清澈的水

像玻璃一样透明

调皮的鱼儿

敏捷的在身边窜来窜去

像是故意挑逗迟钝的我

晶莹剔透的水母

挥舞着浑身的器官

飘飘然闪躲

顽强的水草

在水底

悠悠扬扬摆弄着婀娜的身姿

受惊的螃蟹

失去了方向

横着身体匆匆爬到石头底下

探着脑袋

傻痴痴地看着我这个庞然大物

我不知道

这是在大海，在黄河，还是在江湖？

总之，是在水里

我的身体被巨大的水压挤瘪

我开始呼吸困难

但是

为了探究水里的精彩

我宁愿粉身碎骨

化成尘灰

也定要留在这清澈的水里

第八辑

春之韵　杨建兵

中国美术家协会会员，
吉安市美术家协会主席

春之韵
岁次甲辰秋月建兵
製於廬陵新記

踏　春

人迹罕至的田埂

鼠曲草，鱼腥草……

叶子叠着叶子

连成了一条惊艳的绿道

一簇簇的小竹笋

笋尖吐出翠绿的嫩芽

颤巍巍地迎面笑着招手

畸形亘古的鱼塘

紫萍毫无缝隙地覆盖

像是暗红的赛场跑道

荒芜静寂的山地

黄色的白茅草

除不完，烧不尽

无辜地随风低下了头

绽放着粉色小花的荆棘

被贱踏在脚下

它顽强的缠绕裤脚

一番垂死挣扎后

放弃徒劳地抵抗

一场迅疾的雷雨

毫不留情

冲垮了泥土浑浊的防线

荡涤着丑陋的灵魂

不管走到哪里

鸟儿清脆的叫声不会变

婉转动听

歌颂无处不在的自由

花落知多少

一夜江南

一夜听雨

零落成泥的花

带着固有的香

躺在了大地的怀抱中

听大地呼吸

听大地心跳

它进入了幸福的梦境

梦境中

为大地哭泣

为大地起舞

掩面拂袖

莞尔娇羞

大地动了心

拥抱这落下的花

从此

不知花落多少

大地，落花

一起化作尘土

纷扬于人世间

花开花落

朝起的那一朵花

绽放着它的美丽

风雨过后

可能凋零在午后

这不重要

重要的是

花开过

更重要的是

凋落是为了重生

蒲公英

毛绒绒的一团花绣球

一阵风吹过

片片花絮随风飞扬

轻盈起舞

飞入草丛中

不见了踪影

飞落泥地里

足迹可到之处

被践踏，践踏，再践踏

终于卑微地落进了泥土里

这下可好

不知情的人们

也不会慈悲为怀

他们捂住那颗发烫的心

快意油然而生

风停了

花絮到过的地方

只剩泥土里

尘灰般的残躯

它不甘心就此消殒

它苦苦挣扎

从容不迫地迎接

更为残酷的挑战

生命的意义在于

只要不放弃

一切就都会得以实现

终于

它变成了

一颗希望的种子

有一天

种子破土而出

美丽的花绣球

片片花絮

与风重温旧舞

致樟树

你、绿意盎然

那是你自然清新的面貌

你、高大粗壮

那是你历经风雨沧桑之后的强悍

你、枝繁叶茂

那是你汲取了天地精华之后的灵秀

你、迎风起舞

那是你在展示让人无尽遐想的优美舞姿

你、坚韧不拔

那是你精心的准备

纵使前方狂风暴雨

依旧风雨无阻

你、高瞻远瞩

那是你的霸气

你志存高远

你在高傲的

满怀信心地向大自然宣战

凭借着你的高大伟岸

凭借着你的铜枝铁干

凭借着你的雄心壮志

凭借着你的永不言败

你，运筹帷幄

决胜千里

大　树

一棵大树

粗壮繁茂

太阳照射下

大树遮盖了阳光

凉快的树荫

给人无尽遐想

下雨时

大树成了一把大伞

挡住了风雨

成了温情的港湾

人们争相

浇水

施肥

滋养了大树

引来了鸟儿栖身

也吸引了虫豸

由内而外的蛀虫

让大树

渐渐失去生机

浇水施肥的人

并未发现

大树慢慢被蛀空

有一天

一阵大风刮过

大树倒了

路边的树

暴风雨来得很突兀

太阳来不及躲藏

呲牙笑着

路边的树，怒目弯腰

肆虐的狂风欲将它连根拔起

树的顽强感动了滋生万物的大地

大地将它牢牢抱住

只让它散去了一身枯黄的败叶

风走了

雨也走了

地面上流淌的水

来得正好

洗涤了尘埃

冲走了落叶

最后

静静地浸润到泥土中

去滋养

那颗路边的树

栀子花开

栀子花的伟大之处在于

白色的花朵

惊艳迷人

袭人的香味

濯清空气

你魅力四射

激情绽放

让我留恋的栀子花啊!

我不知道为什么

才几天时间

竟不约而同地消失殆尽

我不知道

你是为了人世间的美好

而昙花一现

倾其所有

还是为了化成春泥

滋润大地

而更护花

或许你的消失

是因为你与生俱来的香味

这香味太过浓郁

而给自己带来了无尽的伤害

人们对你

太过喜爱

而花开堪折

你的香味

装饰了他们的房屋

装饰了他们的美梦

又或许你的消失

是因为你释放了太多的香气

香满人间

自己却元气大伤

而阵阵凋谢

花开终有花落

香终究会在空气中消散

凋谢

是为了更好地绽放

凋谢

也是最不愿提及的伤悲

正如不断逝去的人们

存在过，体现了价值，有着牵挂

短短一遭

活得够不够

不知道

有没有来生

也不知道

不像栀子花的伟大

开够了，香够了就凋谢

凋谢之后

待花开

又是一季

第九辑

戒贪偈

我早把凡心修潔
今掃卻世間雲霞
這銀兒全然不顧
寧收蓋飯種蓮花

辛丑之秋之日 大吉祥
重興寫意寺 京妹

又石齋

戒贪偈修行　朱重兴

修 行

五百年前

封印的那一滴泪水

佛祖挥挥拂尘

滴落了下来

那次离别

大雪纷飞

荒凉了大地

五百年后

我横空出世

对于曾经的你

我没有了记忆

感知的灵魂

上演着前世的故事

我突然惊醒

我只有去寻找

寻找五百年前的那份爱

庙宇殿前

一步一叩首

磕破了额头

殷红一片

没有疼痛

只为相遇

菩萨面前

点燃一炷香

默默向神明祈祷

虔诚无别

只为相遇

你从天而降

在我身边飘过

檀香熏红了双眼

揉眼间

你我擦肩而过

从此

五百年前的那次分离

不再有那滴泪水

我们

不能同船

没有共枕

只有

继续修行

直到一千年以后

或许

菩萨保佑

或许

上天开恩

或许

羽化成仙

觉　醒

冰冷的水

从头上淋下

我狂吼一声

我的三魂七魄

都冲出了身体

所有的欲望与邪念

一瞬间

灰飞烟灭

我攥紧拳头

恶狠狠地咬着牙

凝固住雾气腾腾的身体

这一刻

像是在释放

恍惚若离

又人间清醒

我是谁

我是谁

无数个夜里

我不知道我是谁

我像深夜的幽灵

在漆黑又安静的夜空

东飘西荡

所有人都已安然入睡

我多么希望进入他们的梦乡

一探他们梦中的究竟

而在别人醒来的眼里

我终究还是个不折不扣的魔鬼

我是谁

一次次的失眠让我失去与夜的抗争

投降，妥协，和谈

失败者是不具备谈判资格的

我成了夜的奴隶

无奈，迷茫，忧愁

窗外暗淡的月光

照着我颓废的脸庞

像是画进了素描本上

只有灰白

月光啊月光

请你告诉我

我是谁？

我是谁其实已经不重要

人，为什么烦恼？

烦恼是因为没能力处理好不让自己烦恼的事

人，为什么感觉有压力

压力是因为没有足够的实力支撑

人，又是为什么抑郁成疾？

那是因为一颗善良的心遭受了太多的践踏与屠戮

浩瀚无垠的天空

稀疏的星辰

也许那就是为数不多的包容与理解吧

我不再去追问我是谁

我是谁都一样

我看着星星

昏昏沉沉

如果

昏沉能回避夜空

那就让我永久的昏沉吧!

闭上眼睛

闭上眼睛

看不见天地山河

看不见日月白云

闭上眼睛

看不见绿树成荫

看不见小桥人家

闭上眼睛

看不见花儿鸟儿

所有的繁华消失了

美好的世界让人眷恋

生无可恋的人

不是看透

不是悲观

是明白

美好的回忆

终究会遗失

闭上眼睛

那就这样吧

没有谁好好的

闭上眼睛

沉醉在梦中

也许是最好的梦中

闭上眼睛

不会再哭泣

也没有了天明

当我老了

当我老了

朋友小聚

一壶清茶，一根香烟

谈古论今

说不完人生苦短

道不尽人间沧桑

津津乐道

当我老了

独自散步

偶尔驻足停留

看路边闲情逸致的对弈

沉思的神态

霓虹下

庄严肃穆

一位老者

挥毫泼墨，龙飞凤舞

那街边的广场

熟悉的旋律

曾经的小姑娘们

奔放依旧，翩翩起舞

当我老了

年轻成了我最大的幻想

不再轻盈敏捷

也没了意气风发

舒适的办公椅

再也坐不住了

那些柜子里面

依然摆放整齐的书籍

已无暇眷顾

当我老了

奋战一辈子的疆场

依然热火朝天

一个年轻的身影

恍若当初

想走近点

可沉重的脚步

却再也难以挪动

当我老了

还在想着

儿女尚幼

还要为他们创造点什么

却发现

安静待着

不添麻烦

是他们最大的快乐

黄昏之光

一缕灿黄的阳光

穿过玻璃照在我脸上

透过镜子

我突然发现

原本红润的脸

变成了

一半光亮

一半暗淡

活　着

无论如何

不管怎样

生不生

死不死

那一汪清澈的泉水

它救活了我

这是欲罢不能的甘露

早已干涸的心田

被滋润了

开出了美丽的繁花

繁花似锦

庆幸

居然还活着

思念悠悠

千里烟波使人愁

人世沧桑

浩渺无边

潸然而泣

一颗心

被谁偷偷

偷走了

那颗在落日余晖

黄昏斜阳之下的心

总会有人

把你看的比自己重要

总会有人

把你深情拥抱

天边那紫色的云彩

柔柔扑进眼里

软绵绵的

风干了眼里的泪水

一百年以后

一个小小的太阳

冉冉升起

去温暖

一颗冰冷的心

还有一双冰冷的手

轮　回

光秃秃的树枝

萧条让人心寒

衰败是暂时的存在

生命的轮回

只需等待

等待甘露

甘露到来

就是一派生机

树

依然是树

在大自然的怀抱里

亘古的规律

赋予了它新生

渺小的人啊

终有别去之际

那一刻

世上所有的东西

都与你无关

你不必留恋

只需等待

等待死亡

死亡了之后

才会有轮回之后的重生

你

不再是你

上苍会给你另外一种命运

可你

已经无法知道

命运之神

他不会怜惜谁

该留的他会留

该走的都会走

而我

是被遗忘在了

阴暗的角落

我只能苟延残喘

活着

是一种超凡的勇气

活着

是为了更好的前行

路在哪里

向前走

一面墙挡住了去路

高大的墙

无法攀越

向左，向右

荆棘密布

荆棘

像长满利齿的锯片

走出去

我徒手去拔

直到

双手皮开肉绽

满是鲜血

一片殷红

拔不完的刺条

看不到曙光

我决然放弃

茫然无助

我掉转头

唯有走回去

走到起点

才能寻找另一条路

而另一条路又在哪里？

天地悲喜

天，高高在上
地，踏于足下
天地之悠悠
风起云涌

天之所以是天
它永远在头顶
任凭风云变幻
它塌不下来
也就无需
杞人忧天

地之所以是地
踩在我们脚下

坚实厚重

大地的胸膛

温软的胸膛

也就不怕

脚下踏空

天与地

本一体

盘古开天辟地

从此一分为二

天的尽头是地

地的边际是天

天还是与地相连

地还是没离没弃

天地无极

乾坤借法

天地合一

人神与共

天与地

悄悄然而合

愤愤然而离

离与合

外乎天地之外

苟且苟同

万物生灵

玄妙精深

有悲有喜

不以喜而喜

不以悲而悲

悲喜之处

天地之间

天与地

悲与喜

天地难合

悲喜难测

乌　龟

千年的毛

万年而灵

你的壳

坚不可摧

你的首脚

可以缩进壳里

我不断

修行，修行，再修行

几生，几世，几轮回

也不过

五百年道行

我的嚣张跋扈

任由天地可见

我坚信

只要我还活着

就定能与你同寿

千年，万年

因为

我可以和你一样

在沉睡中活着

等待另一个千年

歇斯底里的失眠

无法入眠的心

声嘶力竭

恨欲撕破夜空

夜空下

那还明亮着的路灯

本是指明方向的路灯

却迷失了多少夜归人

我站在夜空下

吹着瑟瑟寒风

寒风袭人

自己竟幻化成了

有着神奇力量的大力士

我飞向夜空

用力将夜空撕破

让我无法入眠的夜

原来

有一群恶魔在念咒

他们不眠不休

只为诅咒我

他们群魔乱舞

只为庆祝

崇敬的神明啊！

你们都去了哪里？

你们是将我放弃了吗？

没有一个替我求情

恶魔们

可没有想要我活

在他们手上

纵使我是那个幻化的大力士

也必定是死无葬身之地

何况，我只是凡人之躯

如此

那我又是何苦呢？

我这颗心

已无法救赎

那么，明天那条路

我便奔赴黄泉

从此不归

夜空下

那还明亮着的路灯

什么时候

你能照亮我那颗不眠的心

让我从此长眠

无法选择的快乐

黑夜里的孤独

将我淹没

苍白的辞藻

堆砌成山

夹杂着孤独

碎了一地

在点点碎片里

我伸手去寻找

我飘缈的存在

我的灵魂

该如何摆渡

流淌在心里的眷恋

像一支离弦的箭

穿透了丘比特的心

颤颤巍巍地荡漾在云天

终于偿还了

所有亏欠

你还是没有快乐起来

我知道

快乐

由不得人选择

爱恨亦然

因　果

种什么因

得什么果

因和果

是一种法理

是一种轮回

不因果而计较

果的出现

不是谁的错

是修行的结局

上天

早已注定了所有

好的果

是积德行善种下的因

是能量

是发光发热

坏的果

是造孽深重

是道德败坏

是苍天有眼

上天有好生之德

不会赶尽杀绝

是生命

就会给你一线生机

好的因

该回报的会来

时间而已

坏的因

该报应的跑不了

时间而已

因与果

爱与恨

得与失

一切都是浮云

轻轻地来

轻轻地离去

空空如也

相互尊重

认你的人

纵使你调皮捣蛋

他还是觉得你很可爱

不认你的人

你掏出你的心肺

还是枉然

尊重他人的同时

我们也被尊重

如此

就有了平衡

如若不然

那就收起自己的心

不要让这颗心

死亡在不以为然的沉默中

那次车祸

那次车祸

撞倒一棵树

撞断一根路灯线杆

车子面目全非

突如其来的车祸

他吓得六神无主

所幸

他福大命大

没有生命之忧

心里却留下了永远的阴影

他经常在噩梦中惊醒

始终无法释怀

一个人

在经历磨难或劫难时

有的人

越挫越勇

有的人

一蹶不振

伤　口

我紧紧捂住那道伤口

它几乎是在喷血

缝针之后

终于止血了

疼痛一段时间之后

拆了线

伤口渐渐愈合

很多年以后

虽没有了疼痛

但是

受伤时的刻骨铭心

镌刻在心中

疤痕永在

沉沉的

在身上

在心里

演　员

我是一个演员

为了演好一个角色

我早已把自己抛到了九霄云外

荧幕上

却依然看不到我的精彩

这部戏

注定是一部烂戏

而我

注定是一个失败的演员

用心之后的失败

让人伤心欲绝

让人生无可恋

我迷失了方向

茫然不知所措

我收起那份热情

抚摸着饱受唾弃而伤痕累累的心

写 诗

孤独的时候

我就会写诗

诗并不孤独

因为写诗的人太多

我不知道

我的孤独什么时候会离去

我也不知道

我的情感什么时候会消失

所以

每一首蕴含深情的诗

我都会把它当成绝笔

天　堂

我寻找来世之旅

不可预知的天堂

我不知道

那里是不是没有伤痛

我不知道

那里能不能幸福快乐

我不知道

那里有没有爱恨情仇

我不知道

那里会不会孤独寂寞

亏　欠

活着

是因为

上辈子欠下了太多

这辈子为了偿还

卑微如尘埃

艰辛如蝼蚁

无数次

只想痛快地离去

然后

很不负责任地丢下一句

放心

欠你们的

下辈子一定还

第十辑

山川出岫图　游献华

登　高

登峰不畏路之遥，造极何惧途凶险。

丛间万象生百媚，迷蒙深谷悠自然。

纵有猛兽作哭嚎，不闻心中有所怯。

巅峰之处览群山，求得高度心自宽。

一世情缘·百世轩

庐陵人文宝地现，美其名曰百世轩。

百年沉淀佳作多，世代传承韵味深。

听涛观海风景好，水声潺潺人逍遥。

瑞气祥云眼帘遮，锦绣河山遍地花。

喜上枝头凤凰飞，横空出世神龙首。

五百罗汉长年佑，千古松鸽和平颂。

花开富贵富贵来，竹报平安平安在。

游离墙面稀贵作，明眸清亮引贤达。

书画名人群英至，百世听水流水长。

陋室铭

猿啼鹤舞戏白云，群仙聚会送祥瑞。

陋室有龙灵山水，谛听虎啸济时运。

但闻溪涧水潺潺，亦见深山有鸟语。

盛世腾龙正当时，大业千秋延万代。

燕子去时雪满天，归来北国春依旧。

须臾人间叹人生，故作疯癫笑他人。

问道红尘三万丈，心系天下泽苍生。

人间沧桑阅不尽，今朝之酒醉今朝？

渴望天公来作美，四海八荒何为家？

鱼翔浅水多自在，何必风云化为龙？

人生不空皆因果，潜心修行五百年。

高阳殿春行

高阳殿众生芸芸，山高树绿雾霭沉。

悠久历史三百年，普渡凡人万万千。

燕子回时报春晖，竹长花开迎富贵。

最爱西山行不足，家乡年比来年高。

二月二日

昨夜春雨梦落花，满城飞絮好风光。

衔泥筑巢燕窈香，簇拥齐舞蝶穿花。

锦瑟华年尽虚度，朝花夕拾添新岁。

二月二日酒一樽，载歌载舞引田龙。

春江水暖薄锦衾，鸿运当头剪青丝。

燃烧火烛照房梁，驱邪辟祟坠冬虫。

翘首摆尾冲云天，龙鳞闪烁耀九州。

盛世腾飞降祥瑞，得偿所愿俱相宜。

无　眠

眼里春风万事哀，肝肠寸断无人知。

一杯白酒通神灵，写尽半生浮梁意。

梦里续赋三五首，一气呵成赛李白。

醒来唯恐断章句，不忆一词泪枕巾。

梦中多才又非我，何必多情强悲忧。

月光皎洁应有眠，可怜心儿相思碎。

祟虫见我有意醒，从此不再帮我睡。

富田行

雨蒙蒙，雾胧胧，山重重，水融融。

古村落，魁为首，忠节义，正清廉。

天祥陵，缅先烈，颂英雄，沾灵气。

青踏遍，花看尽，景怡人，人陶醉。

富水饶，诚敬清，路漫漫，修远兮。

千秋吟

酒醒何处？

在归途，

迷离泪眼，

荆州欢，

一壶浊酒喜相逢，

一壶浊酒醉千秋。

来时心急燎燎，

去时血满胸膛。

爱悠悠，

念悠悠。

更待何时，

把酒言欢。

致清明

聚众亲

览群山

祭先祖

风景看透

这边独好

终 点

点点星光

归期不定

却已是归途

黑暗

黎明

繁杂交错

迷乱了不甘的心

何愁？何愁？

空悲切

沿路风景看透

待明日

吉泰民安。

雨霖铃·富阳之行

　　冬意延绵，行至富阳，早雪初停。豪餐狂饮兴致，谈笑间旧情尽见。举杯畅饮释怀，忘不胜酒力。天地旋，竞相搀扶，颠颠倒倒情义深。人生无处不相逢，何况是，相逢曾相识！今朝酒醒何处？富春山、迷雾残雪。相见甚短，除却酣畅淋漓不算。待何时择以良日，再同他人欢。

钗头凤·祝寿

红大寿，黄米酒，寿比南山寿无疆。人几何？情义重。一杯满酒，十年欢乐。乐，乐，乐。

春色暖，人心爽，满堂喜庆宾客醉。春风起，犹得意。满城皆欢，否极泰来。来，来，来。

一剪梅·相聚亲

　　路人繁杂串家门。相约甚欢，其乐融融。难忘今宵欢乐时，酒醉酒醒，知是何处？礼尚往来情方重。年复一年，亲上加亲。此情可待如当下，别过今年，明年再聚。

盼

天高云淡风轻吹

冬来秋往人痴念

枯树黄草又一季

共待来年复重生

石头颂

风吹风冷风萧瑟

石亭石凳石相伴

纵使绿地草青黄

独有磐石坚如故

散文篇

燕舞东风富贵吉祥 壬寅仲冬朱重兴写意

燕　子

"燕子回时报春晖，竹长花开迎富贵。"

——摘自叶剑龙《高阳殿春行》

一身乌黑亮丽的羽毛，一对俊俏轻快的翅膀，加上剪刀似的尾巴，在空中轻盈欢快地飞舞，机灵活泼，这就是燕子。

燕子，是吉祥鸟，是报喜鸟，燕子回时，报喜呈祥，春暖人间。一年之计在于春，人们笑逐颜开，喜迎燕子，迎春纳福。所以，人们喜爱燕子。

大年三十晚上，团圆聚餐结束之后。屋里突然飞进了一只可爱的燕子，孩子们眼睛一亮，瞬间欢呼雀跃，一片欢腾，拼命地吵闹，追赶，燕子仿佛受了惊吓，在房子的四个角乱飞乱窜。不经意间，飞到了杂物堆里，没有了动静，驱之不应。燕子没有再飞出来，孩子们失了乐趣，黯然离去。大人们则因为没有把燕子放飞而感到遗憾无比。

次日，大年初一。新春之际，一家人一大早去高阳殿祈福。可能是昨晚燕子入屋的缘故。一路上，放眼望去，总能看到燕子，或穿梭田野，或掠过水面，或飞上枝头……划出一道道美丽的弧线。让我情不自禁引发了对燕子的无尽遐想，那些有关燕子的诗句不断跃出脑门："燕子回时，月满西楼"；"几处早莺争暖树，谁家新燕啄春泥"；"旧时王谢堂前燕，飞入寻常百姓家"；"年年如新燕，飘流瀚海，来寄修椽"……

燕子，仿佛已不再是燕子，它已成为中华民族传统文化中一种情感的象征，而这种情感的表达已非它物所能及：或迎春叹冬，或流离失所。或分离相思，或辛勤付出……

燕子是一种随着气候变化迁徙的候鸟，每年的秋末，入冬的第一次寒潮来临之前，燕子就会成群结队的飞往南方。到了春天，燕子就会重回北国，并开始忙着衔泥筑巢。它的报喜，它的辛勤劳作广受人们喜欢。所以赢得了文人墨客们的欢心，喜欢以燕子为题材吟诗作赋。苏轼的《蝶恋花·春景》里面写道："燕子飞时，绿水人家绕。枝上柳绵吹又少，天涯何处无芳草！"把整个春天描写得如痴如醉。我谈不上文人墨客，对燕子的喜爱以及崇敬之意，也是颠沛流离中，对家乡的思念之情愈发强烈的一种寄托。于是，我学着白居易的《钱塘江春

300

行》写了一篇《西山底春行》。一句"燕子回时报春晖"深深赞美了一下我所喜爱的燕子。燕子飞舞，才带来了美好的春天，让我们感受万物复苏，绿意盎然，生机勃勃的气息。范达成《初夏》里："晴丝三尺挽韶光，百舌无声燕子忙"赞美燕子的辛苦劳作，飞来飞去忙得不可开交。

古时候，相亲相爱的人也会借燕子抒发思念之情。冯延巳《蝶恋花》："泪眼倚楼频独语，双燕来时，陌上相逢否"。意为："潸然泪下，自言自语：燕子飞来的时候是不是能相遇？"借用燕子把这中悲情之苦，相思之切展现得淋漓尽致，让人为之动容。

诗人们是最富有情感的，我们经常听到的"双飞燕"，也是诗人笔下的爱情。燕子的出现成双成对，雌雄颉颃。所以诗人喜欢用燕子去象征比翼双飞的爱情。《诗经·古风》里的："思为双飞燕，衔泥巢君屋"，还有《诗经·燕燕》里的"燕燕于飞，差池其羽之子于归，远送于野"……

关于诗人写燕子的诗句，说不完。所表达的情感也是千丝万缕。

所以，人们喜爱燕子，我也不例外。

正月初九，我们全家都要去吉安了。对于年三十的"燕子小风波"也渐渐遗忘，没有人再提及。只是，我的内心未曾忘却。正月初八，大家都在整理明天准备携带的东西。这时又出现一件惊奇的事：一只俊俏的燕子飞进了我的房间，孩子们又开始大呼小叫。小小的燕子扑腾着轻盈的翅膀，在房间上空环绕飞行。一下子停柜子上，一下子扒窗角上，一下子又对着玻璃胡乱撞。后面，钻进了贴墙柜子的缝里，又没有了动静，驱之不应。渐渐的，夜深人静，大家忘记了燕子入睡了。我的心久久不能平静。因为，我知道，有一只燕子，在我们房间里：或报喜，或呈祥，或送行……

次日，打开房门，一只俊俏的燕子飞了出去。我便心安了。

人生如雪

　　2022年2月22日，我在九江出差。吃过晚饭之后，朋友几度盛情挽留，无奈次日要务在身，只能先行告辞，踏上返吉之路。

　　天空一直淅淅沥沥地下着小雨，雨水在炫幻的城市霓虹辉映下，五彩斑斓。微风拂过地面的积水，柔情漾漾，熠熠闪烁，宛如一幅灵动的水彩画，美不胜收。我身临其境陶醉其间，一路领略着这座城动人的美。

　　晚上九点半上高速时，雨还在不停地下。路途漫漫，孤独寂寥，一个人行驶在高速路上，惆怅和酸楚渐渐涌上心头。突然，有几片雪花状的东西飘落在玻璃上，瞬间就被雨刮器刮落。紧接着，又飘来几片，又被刮落。我认真辨认之后，发现真的是在下雪。惊讶之余，大喜过望，沉闷的内心顿时沸腾了起来。

在南方，对雪的期盼，那是多少个日日夜夜的魂牵梦萦。这时候，它终于飘然而来，悠悠扬扬。

雪，之所以让人喜欢，是因为它唯美的晶莹剔透与洁白无瑕；是因为它给人兆丰年的殷切期盼与美好祝愿；是因为它即便是寒冷的化身，人们依然甘心情愿为它欢呼起舞。

雪越下越大，弥漫了整个天空。灯光照射之处，片片雪花没有了婆娑纷飞之态，像万箭齐发迎面射向每个人的眼睛，让人目不暇接，无处躲闪。那些飞速前行的车子渐渐慢了下来，打着双闪在漫天的大雪中挪动。我也跟着慢了下来，心境由刚才的惊喜逐渐演变成恐慌。

这突兀而来的雪，像一个不速之客，铺天盖地，又蛮横强劲。

道路标线与雪渐渐融为一体，让人看得眼花缭乱。我在想，这个迷惑之际，又有谁能看清标线呢？路上的车子像一只只慢悠悠的乌龟排成的长龙，艰难地向前爬行。胆小的司机，慌忙停去了应急车道。这雪下得实在太大，停过去没多久，车轮印就被大雪覆盖，车身更是白茫茫一片。这些停下来的车子，已然失去了与雪抗争的念头。只有那些不肯低头认输的车子，还在勇往前行。他们虽然开得慢，却是在向大自然宣示着不畏艰难的顽强。

星光不问赶路人。这些车子里面的人是承载着怎样的执念才这般勇往直前？

目光所及，惟余莽莽。高速路上原本的四车道变成了一条道，人们只能凭借着交替使用的远近光灯，去寻找若隐若现的道路标线。一向在高速上你追我赶的车子，因这场突如其来的暴风雪都变得循规蹈矩了，循着前车之辙，缓缓而行。

时而，眼睛也会被这雪弄花。恍然间，目光游离，一个恍惚，仿佛置身在了浩瀚的天空中，漫天飞舞的雪包围着你；又仿佛置身广袤无垠的冰天雪地里，整个人似悬着，瞬间飘起来。我赶紧目视前方，继续认真找寻路上的分界标线，内心的恐惧却越发凸显了。

雨刮器吃力地刮着迎面而来的雪，总感觉它似乎就要停下来了，但时而它又坚强地晃动几下。是啊，我也该像他一样坚强。雪终究会停，走得再慢也终究会到达终点，只是时间问题。

我带着沉重又恐惧的心情在雪中继续前行。脑子里在想：刚刚因为畏惧而停下不走的那些车子，是不是已经被大雪淹没；或者，停下是一种力量的积蓄，等待着再出发。我也在想：前方危机四伏、艰难险阻，我披荆斩棘、奋不顾身，是否也会葬身雪海？不甘坐以待毙，不愿坐享其成，这是我的血性。既然上天赋予了走与停的使命，我宁愿选择走这条一个马虎便让人粉身碎骨、万劫不复的雪路，尔后，心无旁骛地走下去。

这个时候，一辆货车从身边呼啸而过，溅起的雪花好比电影大片中的梦幻特效，唯美至极。可惜，瞬间撒满了我的车窗玻璃。面对前方，我完全"失明"。我赶忙握紧方向盘，不让车子偏航。

除了中间的车道有车在走，其他的车道俨然已被白雪覆盖，厚厚一层。没有车敢贸然变道，这是对自己安全的一种负责。不经意间听到导航播报："前方道路所有车道均可通行"。我暗想：这么智能的导航，这个时候也不智能了。是啊！它不过一个工具而已，它若能带你走出艰险，那么何来恐慌焦躁？何来无处不在的伤害？

夜已深，我幻想着此时此刻有多少人安逸于梦中，梦着我不可奢望的美好；或有多少人闲于夜夜笙歌、灯红酒绿中而乐不思蜀；或也有人忙碌不已、劳顿不堪、奔波不停……人生百态如雪，时而安静，随风潜入夜，悄无声息；时而狂躁，乱山残雪，孤独了异乡人。

雪越下越大，路上时不时清晰可见车轮碾过之后泛起的一坨坨白花花的雪团，我渐渐心定神清。

在前人的先行下，道路已经形成了鲜明的轨迹。我稍稍加快了一点点速度，心里已经没有了先前的恐惧，这要感谢前面的引路人，他们是勇敢的先行者。

又一辆大货车从我身边疾驰而过，溅起的雪花让我瞬间慌了神，不经意间滑向了边上厚厚的雪地，我迅速把稳方向，通过两侧玻璃外的参照物来调整线路，总算稳住了车子，惊出了一身冷汗。因为我的突然停顿，导致后面一辆车从左侧超过我的车，从我面前"开到了"应急车道上停了下来。多危险的一幕，本想上前跟他解释刚才的情况，但是后面成群结队的车子让我逗留不得，也只能带着遗憾离开。他应该是被刚才的情形吓坏了，或许他对我早已感同身受，只是想停路边安一下心吧！而所有的这些，已经远去的货车，他安能理解。不经他人苦，哪懂他人心？

惊魂未定，突然发现，有一棵树倒在路上，还好是倒在应急车道上，应该不会对其他人造成影响，我巧妙地减速避开了。这引起了我对马路边景物的注意，一眼望去，高速路边的树都被大雪严严实实裹着、压着。粗壮一点的，傲然挺立，大有"大雪压青松，青松挺且直"的风骨气概；细嫩一点的，垂到快触碰路边的护栏了，俨然像一个犯错的孩子，低着头等待人人的发落；那些被压断的，是不堪重负散发出的英勇，看上去像极了维纳斯的断臂，虽残缺，却是美到了极致。

迎面的路上，时不时会听到警报声，或警车，或救护车。可想而知，在这狂风暴雪的路途上，难免会有人不小心而出事。同是风雪夜行人，敬告谨慎之余，唯有祈祷平安。

过了峡江，雪开始下得稀稀疏疏了。进入吉水，居然一点雪都没有了。陡然，又有些失落。与雪斗，其乐无穷。这个一路上陪伴我，或喜、或忧、或惊、或险的雪精灵，让我心情起伏，爱恨交织。

三个小时的路程足足奋战八小时，所幸沿途前后都有车，虽然只有一个人但并不孤寂。此时，让我想到了伟大的习主席说的一句话："大道不孤，天下一家"。是啊！你我皆是同行者。

快进家门之际，突然发现停在路边的车子车顶上都有一层白白的雪。原来不止沿路飘雪，这里也下了雪。雪，其实一直都在，在天空中飘着，在大地上躺着，在温情的陪伴着，在每个人的眼前，在每个人的心中。如此想着，我也就释然了。

2022.2.22

贵　人

2000 年，我刚参加完中考。正值酷暑，烈日炎炎，无情地炙烤着大地。仿佛要烧出这些毕业季考生心中的躁动与不安。我疲于同学之间频繁的聚会，跟爷爷奶奶一起安静地闲在家里，不愿出门见人。

有一天中午，家里突然来了一位老者，自称是"神算子某某"。要是知道他能算得准的话，那我定当会记住他的大名。可惜，现在也无从考证了。

爷爷奶奶是乐善好施之辈，请他入座给他沏茶。于是，聊将开来，不亦乐乎。

我正在房间里午睡，客厅窸窸窣窣的说话声，让我入睡不得，我轻声开门径直走到客厅。只见这位老者白发苍苍，正襟危坐，精神矍铄。见到我惊讶异常，大声说道："哎呀！这小伙子是？"爷爷立马应和："我长孙。"老者当即说道："这小伙，好命啊！好命！耳高于眉，眉清目秀，眼睛清澈有神，高鼻梁鼻尖带鹰钩，双颧高耸凸出，福分运势匪浅！来来来，小伙子，我给你算一卦。"

听他如此"美言"一番，我瞬间来了兴趣，倒要看看这"江湖郎中"葫芦里卖的什么药。我拿把椅子当他面坐了下来，假装全神贯注地倾听。

他问了一下我读几年级便"娓娓道来"："虽是聪明但荒废，几时醒悟几时贵"。你有天赋，你要好好把握读书时光，千万不要荒废了。八月份出成绩，你就会考上重点高中。其他时候出成绩，你就会落榜。

再说说你的婚姻："命里桃花终须有，前生相欠续今生"。你未来的另一半和你洞房花烛，生儿育女不愁。她上辈子欠了你，这辈子是来给你还债的。

"你的事业呢……"老者清清嗓子稍作停顿："不要担心，会伴随着你的成长扶摇直上。因为"命中贵人来相助，宏图大展成伟业"。你的生命当中，会遇到六个贵人。他们将助你一臂之力，让你如虎添翼。你要常怀感恩之心，他们才会驻足相守。你的寿元也很长，长命百岁差一二，去到来生享极乐，98岁的时候寿终正寝……"说完之后，还不忘来一句：好命啊！

我听了心花怒放。

那个时候年龄尚幼，除了他讲的八月份出成绩会上高中令我很高兴之外，别的也没去理会。

后来，我成了家，有了事业。时常会想起这个算命老者所说的一切。虽然是考上了重点高中，但这是自己寒窗苦读的结晶，并没什么意外。婚姻这东西，也不好去评判，是谁欠谁，谁该还谁？能走到一起，更多的是缘分的因素。能活到多少岁，是否如他所言，没到最后无可论定。唯独这事业，是否"扶摇直上，上几千里"，所谓"贵人"，是谁，又何在？如何常怀感恩之心，留住贵人。这是我平日里思考最多的东西。

"贵人"我们不难理解。第一：富贵骄人之意，对身份地位显赫的人一种尊称，如：人们常讲的"贵人多忘事"，"达官贵人"等。第二：对我们有过很大帮助的人，我们尊他为贵人，这里就无所谓身份地位了。如：遇到很艰难很麻烦的事，伸出援助之手，拉了你一把，帮你度过难关的人；或者教会了你做人做事，常常传递能量激励你的人；亦或者，一直陪伴你鼓励你一起奋斗一起成长的人……第三：古代皇宫里对皇帝身边妃子的称呼。

那么，我所谓的贵人，显而易见，也就是在我成长过程中帮助过我的人。这么多年来我总是寻思，却总是困惑。细数身边对我好的这些人，远远不止六人。想到这些人的共同点，都是给我帮助和满满能量，而正是这些能量的叠加，造就了我的健康成长。突然，豁然开朗，于是，这算命先生口中的六个贵人就都出现了。

父母亲是贵人。天大地大，父母最大。赋予了我生命，并且从嗷嗷待哺，咿呀学语开始，含辛茹苦，不厌其烦，把我抚养成人。教给我做人做事的道理，让我走得正，站得直。同时，让我接受最优质的教育，学会用知识武装自己。他们是毋庸置疑的贵人。

妻子孩子是贵人。老婆是生命中的另一半。生活中，无微不至地悉心照料；工作中，悄无声息地鼎力支持。孩子，是上天恩赐的礼物，他会带给你前进的动力，会带给你无限的快乐。他们是名副其实的贵人。

兄弟姐妹是贵人。同一个屋檐下，相伴成长，相依为命，有着共同的童年色彩。互帮互助，互相鼓励；共同努力，共同进步。共同为家族的荣耀而奋斗不息。显然，他们也是贵人。

老师同学是贵人。为人师者，犹如再生父母，同时又传道授业解惑，是给我灌输知识，让我实现自我价值的领路人。同学，亲如兄弟，共同寒窗，追随着共同的目标，是修学之路的陪伴者，也是见证者。毫无疑问，他们都是贵人。

知心朋友是贵人。知心朋友，以心相交。喜悦收获时，能做到与你分享；艰难困苦时，可以义不容辞地替你分担；心情不悦时，可以相互倾诉，彼此的遭遇能感同身受。很明显，他们也是贵人。

领导长辈是贵人。事业上，艰难困苦时，传递能量激励你，帮你度过难关，鼓励你无所畏惧、不卑不亢、勇往直前；生活上，无微不至的关心与爱护。为人处世之道，以身作则，言传身教……总而言之，他们也是贵人。

原来，这"六个"贵人，一直都在我身边，从不曾离开。

这个世界是这样的，当你觉得它很美好的时候，贵人便纷至沓来。在你茫然无助、孤立无援的时候，他像极了一个战神，战袍加身，踩着七彩祥云，为你舞刀弄枪，冲锋陷阵，护你周全。在你失落惆怅、黯然忧伤的时候，他像极了一个天使，张开翅膀，守护着你，呵护着你，一句暖心的话为你点燃雄心。在你徘徊不定、踟蹰不前的时候，他又像极了一个导师，凭借他的渊博，诲人不倦，给你点亮明灯。

忍者无敌

小时候，看武打片，经常会看到尤为崇拜的角色。绑个头带，戴个面罩，一袭黑衣，手持利剑，飞檐走壁，甚是厉害。这就是忍者，忍者便是间谍，间谍我们不难理解：是精英分子再经过高级特殊训练之后，身怀绝技，武艺超群的人。但是，为什么会称之为"忍者"呢？忍是隐忍，忍者有一门必修的绝技，也是让伙伴们惊讶不已的一门绝技——隐身术。我们也知道，武艺再高超，人外有人。决斗时，碰到技高一筹的，实在打斗不赢，生死攸关，忍者便会瞬间使出这独门绝技，瞬间消失，不受任何攻击，以求自保。这就是荧幕上我们所熟悉的忍者。

而我们通常所说的忍则是精神上的不快，对内心所产生的压制。其实其中深刻含义是一样的：决斗时，不敌对手，隐身不受攻击求自保；委屈时，精神上有所不快，强压隐忍不爆发，也就没有了所谓的"攻击"。

　　古往今来，我们这个民族关于"忍"的词语成语也是铺天盖地："忍无可忍"；"是可忍，孰不可忍"；"忍辱负重"；"小不忍则乱大谋"；"能忍者治安"；"忍气吞声"；"忍一时风平浪静"……，一直在诠释，在解读"忍"的真正含义所在。甚至，很多人把这个"忍"字刺于身上，以告诫自己，凡事得忍。

　　那么，什么是"忍"？

　　忍是吞下委屈，喂大自己的格局。前不久看过一部电视剧《军师大联盟之司马懿》，很喜欢剧中的一个人物——曹丕，自幼不得曹操喜欢。曹操喜欢天资聪颖，才智过人的曹冲；喜欢满腹经纶，才华横溢的曹植；顺理成章，曹操打下的江山基业定是传给他们无疑。可惜，曹冲早年夭折，曹植又被恃才傲物的杨修所误；而曹丕尽管所做之事不能为曹操所赏识。面对父亲的不认可，不宠爱，以及他人的冷嘲热讽，全部一忍以消之！一心苦读圣贤，勤学武艺。最终凭借自己的才能坐上魏王宝座，受禅登基之后建立魏国。

　　忍是受刺激之后激发出来的坚如磐石的决心。越王勾践被吴王夫差战败后，越国几乎灭亡，勾践也从一个大王沦落到亲自为夫差牵马。一方面卑躬屈膝地示弱，一方面休养生息，富国强兵；十年如一日，卧薪尝胆，最后终于灭掉了吴国。这种忍的功夫，以及这种决心，何等的强大。

忍是对自己不够强大的一种鞭策。历史上有个很出名的典故："胯下之辱"。说的是西汉开国功臣韩信。年少时，曾被一群恶少当众羞辱："信能死，刺我不能死，出我胯下"，韩信真从他胯下爬过去了。这种忍受的程度，我们可想而知。有时候，我们忍并不代表退却，只是，觉得自己暂时不够强大。

忍更是一种情商的考验（自制力，意志力）。日常生活中，我们一些坏的习惯，何尝不是因为忍不住，才让自己深受其害：沉迷网络游戏的人，知道其害处，有意识想不玩，可就是忍不住，才让自己越陷越深。喜欢抽烟喝酒的，其实都知道烟酒对身体有害，瘾来了，无法忍住。喜欢赌博的人，明知道赌博会带来多方面的坏处，耽误了时间不说，严重点甚至倾家荡产。但是，还是没忍住去赌了。现在又有个极其普遍的现象：手机控（网络名词）——专指一天到晚盯着手机要么看电视，要么玩游戏，要么聊天……其实，内心怎么会不知道对眼睛不好，又不安全，还冷落了身边的人，可就是没办法控制自己，没能忍住。所以，能忍住，便是自制力和意志力的完美呈现。

由此可见，"忍"是我们这个民族要崇尚又要传承的文明，也是要具备又要弘扬的精神。国忍国则强，人忍人自强，能忍则无敌。

角 色

这个词大家都不陌生，我们通常看电影看电视都会知道：主角，配角，正面角色，反面角色……这些当然都是根据剧本的剧情安排好的，演员只需去塑造好人物形象就 OK 了。演得好坏，就看这个演员的演技如何。演技好的，能把一个人物在戏里所要展现的性格、言语、动作、神态以及情感演绎得出神入化，惟妙惟肖；观众看后无不拍手叫绝，后面也会众望所归：某某演员凭借精湛的演技，豪取"金马影帝""金像影帝"或"奥斯卡影帝"等等。

这都是在戏里，特定的演员按照特定的人物去演。能把这个特定的人物演好、演活，那么就是个好演员、好角色。

生活中，我们同样是在演戏，人生就是一部大戏，在这部戏当中，我们每个人都是演员，不同的场合，不同的人群，我们扮演着不一样的角色。演技如何看你对角色的定位。有的人，不管是什么场合充当什么角色都胸有成竹、行云流水、游刃有余；而有的人却是一团糟、还被人说成：修养不够或者素质低下；这个就是角色的定位，相当重要，一定要明确。《西游记·三打白骨精》里面，悟空的职责就是保护唐僧去西天取经，碰到任何会伤害唐僧的妖魔鬼怪，只有悟空去打。所以，有孙悟空三打白骨精，而不是唐僧去打；《美人鱼》里面，刘轩是一个地产开发商，大型填海工程，采用高科技声呐进行对海豚等海洋生物的驱逐，把这些生物赶出这个原本属于她们的家园，也包括感性的人鱼；后面他被良知唤醒，又开始拯救人鱼，关掉了声呐。这是故事梗概，刘轩承担这样一个角色，总不可能让他去演一条美丽的人鱼吧！那就串角了，如果你不是受邀的友情客串，那是很让人嫌弃的。明明让你演如来佛祖的，你去演一出孙猴子大闹天宫；明明是演诸葛亮的，你进入吕布的角色去战三英；演宋江，你就不能是108将当中任何的其他人物特性；演林黛玉，你就不能是薛宝钗。角色没有了主次之分，颠倒了是非黑白，那演出来的就是一部贻笑大方的戏，是不会受观众喜爱的。所以，面对人生这部大戏，我们每个人都要正确定位好自己的角色，演出来的才不至于是一部烂戏。

进入校门，我们扮演的是"学生"的角色，如何扮演好这个角色，作为一个学生，我们是去学知识的，需要通过不断汲取知识的营养才能更好地成长。所以，虚心好学是我们的首要任务；其次是尊敬老师，与同学关系融洽；再就是要热爱学校，热爱劳动。做到了这些，取得了很好的成绩，被评为"优秀班干部""学习标兵"或"三好学生"等，我们就算扮演好了这个"学生"的角色。

在家庭里，我们扮演着"子女"的角色，扮演着"兄弟姐妹"的角色，扮演着"父母"的角色，同时也扮演着"夫妻"的角色。是子女：我们就要听从于父母的教诲，懂得孝敬父母，知道去关心、体贴父母，扮演好一个"孝子、孝女"的角色；是兄弟姐妹：我们就要相互尊重、相互理解、相互督促、共同成长；是父母：我们就要给孩子树立好父母的榜样，以身作则，用心呵护，好生引导；是夫妻：我们不求相敬如宾，但一定要相濡以沫，相互信任、相互体谅，为创建更加和谐美好家庭而共同努力。如此一来，整个家庭大组织中，每个人的角色都扮演好了，和和睦睦，和和气气，共同进步，家和万事必兴。

在社会上，我们所扮演的角色更是繁多，亲人、朋友、领导、同事、陌生人……在什么样的人面前，你要充当一个什么样的角色，自己都应该心里有底。比如：亲人相聚、朋友请客、作陪领导、同事聚会等等，你的出现应该是扮演一个什么角色，不要去喧宾夺主，不要主次不分，更不要目空一切……诸如这些，都是会让其他"角色"心生厌恶，并且对你敬而远之。你要懂得去察言观色，进而定位好自己的角色，用心去扮演。

但是，生活中未必每个人都是好演员，能演好人生这部大戏。"金马奖""金像奖""奥斯卡奖"也不可能人人有份，我们只有努力地去演，用心地去演，演出属于你的这个角色的非凡与精彩，让这个角色赋予灵魂，让这个角色更加绝妙。